# Goethe
## e
# Barrabás

Deonísio da Silva

# Goethe
# e
# Barrabás

São Paulo  2008

Copyright © 2008 by Deonísio da Silva
1ª edição – fevereiro de 2008

| | |
|---|---|
| PRODUÇÃO EDITORIAL | Equipe Novo Século |
| CAPA | Guilherme Xavier / gxavier.com |
| PROJETO GRÁFICO | Guilherme Xavier |
| COMPOSIÇÃO | Cintia de Cerqueira Cesar |
| PREPARAÇÃO DE TEXTO | Michele Roberta da Rosa |
| REVISÃO | Vera Lucia Quintanilha |

Dados internacionais de catalogação na Publicação (CIP)
(Câmara Brasileira do Livro, SP, Brasil)

Silva, Deonísio da
Goethe e Barrabás / Deonísio da Silva. --
Osasco, SP : Novo Século Editora, 2008.
1. Romance brasileiro I. Título.

08-00305                                                       CDD-869.93

Índices para catálogo sistemático:
1. Romances : Literatura brasileira 869.93

IMPRESSO NO BRASIL
PRINTED IN BRAZIL
DIREITOS CEDIDOS PARA ESTA EDIÇÃO À NOVO SÉCULO EDITORA
Rua Aurora Soares Barbosa, 405 – 2º andar
CEP 06023-010 – Osasco – SP
Tel. (11) 3699-7107 – Fax (11) 3699-7323
www.novoseculo.com.br
atendimento@novoseculo.com.br

Hier meine Welt, mein All!
Hier fühl ich mich,
Hier alle meine Wünsche,
In körperlichen Gestalten.
Mein Geist so tausendfach,
Geteilt und ganz in meinen teuren Kindern.

(Aqui está meu mundo, meu todo!
Aqui me sinto eu,
Aqui todos os meus desejos,
Em formas corporais.
Meu espírito dividido em mil pedaços,
E inteiro em meus queridos filhos.)

JOHANN WOLFGANG VON GOETHE

Para Pedro Paulo de Sena Madureira, porque, como diz Hegel, eis que *a coruja de Minerva só levanta vôo no ocaso*, quando tudo parece perdido. Mas daí chega a Literatura, com o *Animal do Tarde*, como me ensinou meu querido professor e poeta Guilhermino César, para mostrar como tudo poderia ter sido diferente:

> *Seiscentos urubus, uma carga de horrores/*
> *a exigir um panfleto./*
> *Mas aparece uma asa, apenas uma/*
> *asa branca, e o negrume acabou-se.*

# 1

## AS LABAREDAS DA PAIXÃO

*Barrabás, apaixonado por Salomé, abre seu coração para ela, que, entretanto, antes de ir a seu encontro, no hotel, ouve atrevidos conselhos da avó, que crava os olhos nos da neta e recomenda ameaçando: – Você vai se encontrar com esse homem, mas preste atenção no seguinte: viva como se fosse morrer amanhã. Esqueça o futuro. O futuro é a solidão.*

– A próxima vez que eu morrer vai ser a última, diz Barrabás para Salomé.

Estão na cama. Um longo percurso tinha sido percorrido para que os dois chegassem até ali, como sempre acontece nos namoros indecisos, complicados. Ele, casado, cinqüentão, vivido, sociável e, tido por ingênuo, acreditava no amor. Não se entregava a qualquer uma, queria a sedução mútua, o encanto das palavras, dos gestos, dos olhares.

Ela não sabia o que a arrebatara, tinha os sentimentos desarrumados e revelava, mais na boca do que nos olhos, um jeito que somente as mulheres apaixonadas podem ter. A astúcia feminina incluía a maquiagem. E certos disfarces junto aos olhos faziam que brilhassem, o que podia enganar quem fosse incauto, mas não a Barrabás, que sabia ser verdadeira a paixão daquela mulher. Do amor ele saberia mais tarde. Ou não. Por enquanto eram as paixões que os moviam, a sua e a dela, pois eram diferentes também no modo de se apaixonar.

A arte de viver dava à menina cada vez mais a certeza do quanto a vida, à semelhança do amor, era fugaz. Aquele poderia ser apenas mais um namorado e certamente não era a primeira complicação de sua vida. Mas talvez pudesse ser a última. Não por temer a morte, mas por desejar morrer de amor, ancorando seu barco, não no porto do casamento, como todas as suas amigas pareciam desejar e, sim, no amor verdadeiro, que raramente estava nos matrimônios, a não ser nos primeiros tempos da paixão, quando reinava, quase sempre absoluta, a atração mútua.

O amor poderia ou não coincidir com o matrimônio, mas Salomé lutava pelo amor verdadeiro e vivia proclamando que acreditava em sentimentos superiores. E, embora acreditasse que o amor vicejasse também no casamento, achava que, de todos os terrenos onde ele fosse semeado, aquele era o mais vulnerável a espinhos e ervas daninhas, ainda que oferecesse refúgio contra as aves do Céu que, conquanto divinas, costumam alimentar-se das plantações que na Terra fazem os filhos dos homens.

Todas essas convicções recebiam, entretanto, um inusitado tempero: o frescor de menina que não aparentava ter passado dos vinte anos.

— Você só se interessa por homem fora da linha, lhe dissera sua avó, a única a aprovar aquele ato de risco e a única a quem tivera a coragem de confidenciar que ia encontrar um homem casado.

— Se minha mãe souber, ela me mata.

— A tua mãe não precisa saber. Mãe não precisa saber de tudo. Vó, sim. E eu somente quero saber para te proteger.

— De quê, vovó?

— Do abandono. Saiba que um dia ele vai te abandonar. Acabado o frescor ou a tesão, o que ocorrer primeiro, eles dão no pé.

— Vó, este é diferente. E tesão é masculino.

— Feminino. Para mim, é feminino. E todos são diferentes, minha filha. Até que nos abandonem. Mulher nasceu para viver na solidão. Aprenda isso enquanto é tempo, para não sofrer demais. Tarde aprendi. Mas aprendi. Não sou como tua mãe que jamais aprenderá e acha que teu pai é diferente. Teu pai é igual a todos os outros. E vai abandonar tua mãe a qualquer hora.

— Por que?

— Porque é a lei da vida. O macho parte.

— Macho, vó? O meu pai, macho?

— É, minha filha. E tua mãe, fêmea. A inevitável condição, as leis da natureza predominando, como sempre.

— Então, meu pai vai partir um dia?

— Um dia? Partir? Já partiu. Parte todos os dias. E se entrega à primeira sirigaita que se abrir para ele. E meu filho, cá para nós, não é de se jogar fora. Já notou como as mulheres olham para ele?

— Já notei como ele olha para as minhas amigas. Disfarça, mas olha sempre o corpo. E em seguida fala que é muito importante na mulher a vida interior.

— Sim. A vida interior e o cabelo, a malhação, a ginástica, o cuidado com a pele, a dieta, o cheiro, as unhas bem cuidadas. Todos iguais. Parte. Mas sempre volta. Para partir de novo. Sua inextirpável condição.

Salomé adorava conversar com a avó. Era mais confiável que sua mãe. A mãe tinha a chave do cárcere doméstico, onde todas as moças vivem presas. A mãe prendia, a avó soltava. A mãe a asfixiava e, por mais que a filha se esforçasse, não havia diálogo.

— A reprodução. Tua mãe quer reproduzir-se em você. A menina é sempre a mãe de sua mãe, como disse Machado de Assis.

— Quando a senhora quer dar mais força ao que me diz, diz que foi uma alta figura quem disse, mas quem diz é sempre a senhora.

— Que nada! O menino é o pai homem, a menina é a mãe de sua mãe. Confesso que já exerci o mesmo papel, mas a idade e os novos tempos, além das minhas leituras, me levaram a mudar de rumo.

A vovó deu uma paradinha, franziu o cenho, cravou os olhos nos da neta:

— Você vai se encontrar com esse homem, mas preste atenção no seguinte: viva como se fosse morrer amanhã. Esqueça o futuro. O futuro é a solidão.

— Que pessimismo, vovó!

– Realismo. Pessimismo é sabedoria. A ingenuidade é devastadora, principalmente numa mulher.

– Homem também é ingênuo.

– Homem é mais ingênuo do que nós, mas o mundo é masculino e eles logo retificam o caminho inicial. Para nós, é diferente. A ingenuidade é o caminho mais curto para a prisão doméstica. Namoro, noivado, filhos. Os habituais alçapões. Fazer o quê? Por mais que negue, a mulher nasceu para perpetuar a espécie. E o processo é este. A outra opção é criar os filhos sozinha, mas este é um caminho que poucas têm coragem de tomar. Além do mais, filho precisa de pai, minha filha! Já viu filho sem pai? Viu, claro. O mundo está cheio desses viadinhos agarrados à saia das mães, que não querem saber de mulher. Mulher, para eles, apenas uma. A mãe deles. E olha, num mundo de tantas piranhas, de rua ou chiques, não fizeram má escolha, não.

– Vovó!

– Isso mesmo! Somos nós, as mulheres, que produzimos os que não gostam de nós.

– Mais esta, vovó! Somos culpados de tudo.

– Você disse *culpados*? Não é sapatinha, é?

– Culpadas, eu disse. E não sou sapatinha. Aquele dia, com a Lelê, foi carinho. Pensa que não notei o seu olhar de desconfiada, vó?

– Ué, o que homem mais quer é ir para a cama com duas. E que uma seja sapatinha. O casamento feliz tem três personagens.

– Vovó!

– No meu, o terceiro foi meu amante. E foi um casamento muito feliz porque havia quatro. Quer dizer, quatro que eu sei. Seu avô! Um pilantra! 'Queridinha', ele dizia para todas, 'é tão bom casar! Casar é bom porque ninguém pode nos roubar o gosto de um dia voltar a morar num hotel. O hotel é o paraíso dos descasados. A primeira noite da volta é a mais bonita'. Era assim que ele falava. Dizia: 'jogo a roupa no chão, tomo um banho, deito na cama sem a assombração de fazer o amor compulsório e, sincero, exclamo de todo o coração: enfim, só, que bom! Na segunda noite, é mais difícil. E na terceira saio à procura de outra. Eu preciso delas!' Era assim que ele falava!

– E como a senhora soube disso?

– Tive um amante que morou com ele!

– Morou com ele?

– Morou. E recebeu conselhos de como me tratar. Deu-lhe o que chamou de 'roteiro para fazer Raquel feliz'.

– Conhecia o roteiro e não cumpria?

– Não. Ele também queria ser feliz. E o casamento é um regime de exclusão de bens. Apenas um é feliz. O outro, não. E ele também queria ser feliz. Por isso, procurava as outras. E como não me desse a atenção que eu achava que merecia, também procurei outros. Resultado: nós dois fomos infelizes. Você está preparada para ser infeliz? Você tem que se preparar. Seja feliz por um dia, uma semana, um mês, uma temporada. É tudo o que vai te sobrar de tua curta vida.

– Por que curta, vovó?

– Porque as mulheres têm mais esta: para elas, a vida é mais curta, ainda que sobrevivam aos maridos, quase sempre. Mas um homem, por mais velho que seja, ainda sai em busca de sirigaitas, encontra um monte delas, escolhe uma, muitas o querem, mulher é muito curiosa, por isso ele pode escolher, e recomeça a viver. Quantas vezes quiser fazer isso, tantas vezes encontrará com quem. Incautas ou espertalhonas, elas estão todas aí no pedaço, como diz você. O que faz uma mulher madurona ou de sessenta ou setenta anos? Organiza o almoço dominical para os filhos. E se sente muito feliz com a presença deles e dos netos.

    A avó fez uma pausa, mas retomou:

    — Você vai com essa roupa? Blusa cor-de-rosa, meu Deus, que horror! Passe batom, arrume este cabelo. As unhas estão lindas, assim vermelhas e arredondadinhas. Homem adora isso. Ainda mais esse aí. Quantos anos ele tem mesmo?

    — Cinqüenta e poucos! Mas aparenta menos e a senhora me fará um grande favor se não me obrigar a lembrar tanto isso.

    — Quem tem que cuidar da aparência é você, que jamais pode se esquecer disso. Ele tem que andar limpinho, bem arrumado e com dinheiro no bolso. E ser obrigado a prestar atenção a você enquanto durar o caso.

    — Caso, vovó?

    — Caso, minha filha. E caso rápido. Mas viva o seu caso. Enquanto durar vai ser bom para os dois. E o palerma do seu namorado, onde está?

    — Ex, vovó! Por quem a senhora me toma?

    — Ex! Sim. Ex. Um bobão. O que houve? Ele se apaixonou por outro?

    — Por outro?

    — Nunca me enganou. Você poderia ser musa, puta ou santa. O que ele queria era um homem. Procurou um homem em você. Não encontrando, foi embora. Deus o tenha! Deus o tenha! Deus é guei. Deus, o Senhor, o nome que tenha, só cuida de homem. Também ele abandonou as mulheres. Aliás, ainda no paraíso terrestre. Dor para Eva, trabalho para Adão. Ele sabia que o trabalho destruiria a relação. Mas o que é que o trabalho não destrói? Antes de tudo, a todos nós. E você, que é mulher, sabe: homem é que nem menstruação. Quando chega na hora certa, ainda assim dói, traz cólicas e muito desconforto. E quando demora a chegar, vai nos deixando preocupadas, é ou não é?

– Vó, é tão bom conversar com a senhora, mas eu tou atrasada.

– Vai, minha filha. Que bonitas as unhas vermelhas! E a calcinha, de que cor?

– Vovó!

– Ué, não conhece a velha história da filha que pede um conselho à mãe? Aliás, mãe sincera somente em piadas. 'Mãe', diz a filha, 'ele quer ter uma conversa séria comigo, foi o que me disse. Com que roupa eu vou?' 'Séria?', pergunta a mãe. 'Séria', confirma a filha. 'Então', diz a mãe, 'vai vestida de um modo que se precisar se despir não se envergonhe'. Por isso, leve uma calcinha cheirosa. Homem adora cheiro de roupa íntima limpinha. E mulher cheirosinha, claro. Aquela história do James Joyce que em viagem escrevia para a mulher pedindo para ela usar a mesma calcinha e não trocar porque ele adorava transar com ela sem nenhum dos dois tomar banho é coisa de porco mal-educado. E ainda dizem que foi um grande escritor. Pode ter sido, mas seu talento em nada seria prejudicado se o casal andasse limpinho.

– Vovó! Tou estranhando a senhora.

– Você me conhece pouco, mas estamos progredindo. De que cor é a calcinha que você pôs?

– Vermelha.

– Pel'amor de Deus, não seja puta no primeiro encontro. Vá de calcinha branca, de renda, de algodão, macia, de modo que ele entenda que você leva uma calcinha por cima do que você leva para ele. *Delivery*, sabe como é? Pronta-entrega. Hoje é tudo *delivery*. E você vai levar você mesma para ele. E ele vai gostar, tenha certeza. O homem gosta de buscar, mas gosta também de que você leve para ele o que ele mais quer. E o que ele mais quer é isso. Você aprenda a viver com sua avó, viu?

– Vovó, não fale tão alto, os vizinhos podem ouvir, já troquei. Não encontrei nenhuma branca. Estou indo com a salmão.

– Cor-de-rosa de novo? Como a blusa de antes? Menina, então põe uma preta.

– Não tenho preta, vovó. Só azul.

– Azul? Está louca? Acho que hoje em dia só as freiras usam calcinhas azuis. Quer dizer, não sei, elas devem ser as únicas mulheres do mundo que não mostram a calcinha pra ninguém, porque até aquelas que usam burca, calcinha parece que não usam.

– Achei uma bege clara.

– Bem, você é morena, combina um pouco. Se fosse loura como eu, seria um desastre. Semana que vem vou comprar calcinhas para você. Ponha o sapato de salto, hein! Você sabe quem foi que inventou o sapato de salto alto?

– Essa agora, como vou saber quem inventou tudo o que eu calço ou visto?

— Ué, como eu soube? Lendo um pouco mais. Faça como eu, leia de tudo: romance, poesia, jornal, revista, almanaque, bula.

— Foi numa bula de remédio para a coluna que a senhora leu sobre quem inventou o sapato de salto alto?

— Não. Foi num livro sobre um cardeal. Sabe, cardeal? Aquilo que o padre Vieira não quis ser. A França teve o Richelieu, teve o Mazzarino, que de tão veado afrancesou o nome, mas era italiano. Cada vez que um italiano se mete a trocar de nome dá tudo errado na vida dele, não vê com os papas e com Napoleão? De Napoleone di Buonaparte para Napoléon Bonaparte. Mazzarino queria se afrancesar. Isso é coisa que começa no berço ou ao menos no registro do nascimento. Olha só o nome do outro: Armand Jean Du Plessis. E ele Júlio Raimundo, que mudou para Jules Raymond Mazzarin, vê se pode! Os dois mandavam e desmandavam, mas Vieira não queria poder nenhum que não fosse o da palavra. Este, sim, foi um puro.

— Vovó, a senhora me deixou curiosa.

— Sobre os cardeais bichas?

— Claro que não, vovó, sobre quem inventou o sapato de salto alto.

— Ah, sim, foi um rei francês, o Luís XV. Aquele boiola louco sabia das coisas! Mas nós roubamos o salto exclusivamente para nós! E camisinha, não esqueça a camisinha. Homem não leva. Toma cuidado com os motéis o bicho, se achando esperto, e combina com o outro esperto que o débito no cartão de crédito saia em nome de casa de ferragens, todos uns canalhas, o dono do motel e os freqüentadores. Depois tomam ferro e se espantam. Mas por que foram tanto à casa de ferragens? Homem casado é sempre uma ameaça vulcânica. Apenas uma faísca e os casados entram em erupção, deixando tudo arrasado ao redor deles, menos eles, é claro. Já pensou o escândalo que faz uma mulher quando encontra camisinhas nos pertences do marido? Depois fica cheia de coceira, para dizer o mínimo, e não sabe que a culpada, de mais isso, é ela mesma.

– Vovó, a senhora não acha que as mulheres já têm culpas demais?

– Acho. Mas essas elas têm mesmo, as outras não.

– Que outras?

– Outro dia te explico. Não leve cartão, nem dinheiro. O cara pode ser um gigolô.

– Pô, vó, que estímulo, hein!

– Experiência de vovó. Vai com Deus. Divirta-se, mas não perca o juízo.

– Vó, ou uma coisa ou outra! E diga para a mamãe que eu fui dormir na casa da Lelê.

– Pode deixar que eu minto. Eu minto, ela sabe que eu minto, que você mente, que todas mentimos, que ela também mente. E ainda queremos que uma acredite na outra, que os homens acreditem em nós, esses mentirosos!

Salomé deu um beijo na vovó, sorriram as duas ao se abraçarem e, ao passar pela portaria do condomínio, sentiu que o olhar do guarda era de reprovação por estar saindo sozinha, de carro, àquela hora da noite.

Fez um muxoxo olhando para o espelho do carro e disse para si mesma:

– Que vão todos para as gemônias, como diz Cravo, Gregório, Bar, o meu amor. Ai, meu Deus, disfarçado em tantos nomes, namoro a legião de um homem sozinho e ele sabe muitas palavras difíceis. Com a vovó é tudo mais fácil. Mas será que ele saberá como é difícil para mim explicar à minha mãe que gosto dele?

# 2

## A LUZ QUE TE FALTA

Salomé, com os sentimentos desarrumados por amar um homem que lança abismos e pontes entre ele e ela, mistura vigília, sono e sonho, aumentando a confusão que toma conta de suas almas, depois de vinhos rascantes e de amores insensatos. A moça descobre também que se na Judéia criassem frangos, em vez de cordeiros, Jesus teria sido o frango de Deus que tira os pecados do mundo, sem contar que para frangos e famintos o destino será sempre um só: a morte para todos. Barrabás, porém, diz à amada que a vida dele é bem diferente da de um frango. Diz também que foi Barrabás quem apareceu a Goethe, no final da vida, oferecendo-lhe a luz que faltava, mas já era tarde. Depois, comentando os sonhos que tiveram, fazem insólitos comentários sobre Freud, que, segundo Barrabás, deixou uma lacuna em suas obras: não supôs que duas pessoas pudessem sonhar o mesmo sonho simultaneamente.

No hotel, Barrabás a recebeu com ternura, como sempre. Foram muitos os carinhos, poucas as palavras, ele estava tomando um vinho, que logo dividiram. Pouco tempo depois estavam na cama, cheios de tesão.

Depois do amor, dormiram. E Salomé teve um sonho esquisito.

Sonhou que veio ao mesmo hotel e viu, como sempre, que o namorado estava lendo um livro novo. Isso lhe dava segurança, o fato de namorar alguém que lia, que falava de livros, que os comentava. O ex-namorado tinha orgulho de proclamar que jamais lera livro algum e que somente lera os resumos de alguns romances para passar no vestibular. E que a prova de que não precisava ler livro nenhum era que ele estava na universidade.

Barrabás tinha astúcias que Salomé admirava. Tinha também algumas que ela abominava. Dessas, a mais desconfortável era a de concordar com ela somente para agradá-la, por delicadeza.

– Esta lanterna, disse Barrabás, que no sonho de Salomé aparecia com um livro na mão –, é uma de minhas poucas riquezas. Mas, claro, isso é um livro, não uma lanterna.

– Então, é a luz que te faltava, como você sempre diz, disse Salomé. – Mas por que você precisa de luz?

– Porque tenho medo do escuro.

– E por quê?

– Porque eles vêm.

– Eles, quem?

– Todos.

– E como entram no quarto?

— Não entram, estão sempre aqui, eles sempre se antecipam; quando entro, já estão aqui.

— E quem são?

— Puxa a fileira meu irmãozinho menor, abortado por minha mãe. Ela pulava sobre os rochedos, de uma pedra à outra, queria que o pobrezinho fosse expelido de seu útero para morrer sobre as pedras. Porque, como disse o semeador, a semente que cair sobre as pedras não germinará. Era por isso que ela saltava sobre as pedronas.

— E por que ela cometia tamanho desatino?

— A mãe desconfiava que o filho não fosse do marido.

— E não era?

— Era a cara dele quando nasceu.

— Ué, não conseguiu matá-lo?

— Você usa linguagem forte demais.

— Não era isso que ela queria, matá-lo? Dou às coisas os nomes que elas têm. Pois, se fala assim, escreve que teu irmãozinho nasceu e morreu em seguida.

— Era o que minha mãe queria. Não posso dizer que ela queria matá-lo, não é isso, queria apenas que ele não nascesse. Ele nasceu e morreu. Ela não o matou. Isto é, queria apenas impedir a vida. Impedir a vida não é o mesmo que matar.

— E ele nasceu e morreu?

— Isso mesmo. Como os frangos.

— Como assim?

— Já visitou uma granja?

— Já.

— Então, sabe. Alguns morrem pisoteados, outros nem chegam até ali porque alguns ovos, chocados sem mãe,

goram. Nada disso faz grande diferença. Porque setenta e cinco dias depois, todos os que não morrem são enviados ao sacrifício. E cumprem seus destinos, morrendo para o bem da humanidade. Em vez de cordeiros de Deus, frangos dos homens, mas também eles tiram os pecados do mundo, o maior dos quais é a fome.
— Diminuíram ainda mais o prazo. Agora, do primeiro dia de vida à primeira morte, um mês e meio. Mas há uma diferença: eles morrem contra a vontade.
— Os famintos também morrem contra a vontade. E o resultado é o mesmo. A morte para todos.
Silêncio em todo o quarto. A respiração de Salomé é leve, o rosto parece calmo, apenas os olhos se mexem muito. No sonho os diálogos continuam.
— Os frangos não têm alma?
— Pois é! Boa pergunta!
— Será que vão ressuscitar ao som das trombetas? Ou o juízo final é só para os homens? Você, que é versado em teologias e amores, me explique essas verdades.
— Ah, Salomé, você se refere a outras conversas que tivemos. Certa heresia medieval defendeu que as aves tinham alma. Que não era possível um pássaro canoro morrer para sempre com seu canto mavioso. Um bispo chegou a ponderar: 'está bem, mas só os canoros!' Eles precisavam de classificações. Mas um outro ponderou: 'ave é ave.' E o frango é uma ave. E canta, embora digamos que cacareje.
— Nunca falta luz nas granjas?
— Não, nunca! Se faltar, as chocadeiras desregulam, a temperatura do recinto oscila demais, as correias que

levam a comida travam, a água dos bebedouros não é renovada. O resultado é doença e morte, como sempre. Rezemos pela alma desses frangos e frangas!

– Quem os livrará das penas?

– Os frigoríficos.

– A graça forçada é pecado. Refiro-me aos castigos.

– Ah! Os castigos não são necessários. Já sofrem demais em vida. No Céu, Nossa Senhora os receberá numa grande granja cheia de luz, onde nada falta. Água, comida e remédio à vontade. E os frangos vivem para sempre, contemplando a face luminosa do Senhor. Igual a nós.

– Então, vivemos numa granja?

– Mais ou menos. Nem todos. Goethe pediu mais luz ao morrer. Abriram a janela. Apareceu-lhe Barrabás. Já te expliquei que meu xará integrou as hordas que tocaram fogo em Roma? Quando viu que perseguiam os cristãos, porque Nero os tinha caluniado, acusando-os de incendiários, juntou-se a eles e também morreu crucificado. Quando expirava, disse: 'escuridão, a ti entrego minha alma'!

– Goethe viu Barrabás antes de morrer? Quanta confusão! E quem ouviu Barrabás pronunciar esse fecho bonito para sua atribulada e complexa existência?

– Que fecho?

– Entrego minha alma à escuridão.

– Ah, sim! Foi um escritor que não estava lá.

– E como ouviu?

– Ouviu séculos depois, com a imaginação. O escritor não era como os frangos, ele pensava, imaginava e escrevia, pois queria livrar-se da escuridão. – E se Barrabás...

— Já sei o que você está pensando. Se o escolhido pelo povo fosse Jesus, o crucificado seria Barrabás. Nasceria outra igreja.
— Podemos imaginar isso também.
— Goethe escreveu que Barrabás apareceu para ele quando pediu mais luz?
— Não, Goethe morreu, quem escreveu fui eu.
— E você escreve tudo o que quer?
— Escrevo.
— E como é a tua vida?
— Bem diferente da de um frango!
— Como, assim? Que conversa confusa!
— É claro, estamos num sonho. Os frangos nascem, crescem e morrem na luz. Eu, na mais completa escuridão. De vez em quando, porém, risco um fósforo. Então, vejo que minha vida é diferente da de um frango!

Salomé acordou e disse a Barrabás:
— Tive um sonho esquisito, você tinha um livro na mão, dizia que era uma lanterna, falava que se Jesus vivesse hoje, não se falaria em cordeiro de Deus que tira os pecados do mundo, mas em frangos que fazem a mesma coisa, que o maior pecado do mundo é a fome.

Barrabás estava estupefato, olhos arregalados:
— E o que mais, conta tudo, adiante, vai, vai, vai, me conta, Salomé.
— Um assunto ainda mais estranho foi o aborto.
— Aborto? Aborto de quem?
— Acho que de muitos, pois você falou que puxava a fileira teu irmãozinho menor, morto por tua mãe, quer

dizer, no sonho você dizia que não morreu, que foi impedido de nascer e que isso não é a mesma coisa que matar.
Barrabás atônito: – E o que mais?
– O resto era sobre mim e sobre você, Bar. O velho trauma de sofrer, o triste costume de estar só, como você sempre diz, os crucificamentos que acontecem todos os dias, cada um com sua cruz, carregando pela vida afora, sempre achando que é a mais pesada, até saber da dos outros.
– Crucificamento, Salô?
– Não existe a palavra?
– As palavras são como as pessoas, muitas ainda não existem, mas aquelas que aí estão haverão de ter filhos e filhas, sabe como é?
– Se não abortarem, né?
– Se não abortarem. Crucificamento é parecida com crucificação, crucifixão, mas acho que crucificamento, que ainda não está nos dicionários, de agora em diante estará.
Um longo beijo depois:
– Salô, nem Freud na psicopatologia da vida cotidiana, nem na teoria geral das neuroses, nem na interpretação dos sonhos, registra um só sonho que tenha sido sonhado ao mesmo tempo por duas pessoas simultaneamente.
– Estamos aqui conversando, mas daqui a pouco os bancos fecham e eu tenho umas contas que preciso pagar hoje.
– Você sabia que o pai de Freud não pagava as contas? Não pagava porque não podia, ganhava muito pouco e tinha muitos gastos. Freud era como o pai neste particular: a vida inteira teve dificuldades de pagar as contas, ele não dava a mínima para o dinheiro. Foi por isso que a

família Freud deixou Pribor, a cidadezinha em que ele nasceu, e foi viver em Viena.
— Quantos anos ele tinha nessa época?
— Quatro. Você viu um filme chamado *Afogando em Números*?
— Vi.
— Gostou?
— Mais ou menos.
— Eu gostei, mas achei que podia ser muito melhor, que exploraram pouco o tema. Por exemplo: na vida de todo homem que se destaca em algum ofício, principalmente escritores, antes dos sete anos, que era a Idade da Inocência para a Igreja, tudo muda, os pais migram ou imigram. Foi assim com Freud e foi assim comigo. Conheço muitos outros com quem aconteceu a mesma coisa.
— Comigo foi antes! Mas sobre isto ainda não quero falar.
— E sobre este artifício de trocarmos de nome, ter apelidos, Freud também mudou o dele. Poucos sabem que um de seus sobrenomes era Schlomo, que ele retirou do nome quando chegou aos vinte e um anos.
— Sem trocadilho, acho que Freud tinha problemas com a mãe: tirar justo o nome da mãe do nome! Tinha problemas também com o pai, pois conservou o nome do pai!
— Pode ser que tivesse problemas com os dois, os filhos sempre têm problemas com os pais, alguns insolúveis, mas Schlomo não era da mãe dele; o da mãe, a terceira mulher do pai, era Nathanson, Amalie Nathanson.
— Ele tinha problemas com todos, isto sim! O complexo de Édipo é um eufemismo. Nas cartas ele admite que sen-

tia atração pela mãe e tinha raiva do pai. É verdade que ele morreu de câncer?

— Mesmo que tivesse sido disso, quando um homem perde quatro irmãs em campos de concentração, só ele consegue fugir, ele morre disso, chamem do que quiserem chamar a causa do fim.

— Mas, Bar, você, quero saber você, você acha que Freud morreu de quê? Para mim, é muito importante a sua resposta.

— De eutanásia. Ele pediu a seu médico, depois de trinta e três cirurgias no queixo, que lhe desse morfina, que ele tomava todos os dias, numa dose que lhe abreviasse o sofrimento. O médico concordou.

— Por que você leu todo o Freud?

— Porque ele escreve bem. Ele ganhou o Prêmio Goethe em 1930. Como escritor! Nem me importa que alguns, como Karl Popper, achem que a psicanálise não seja uma ciência. E daí, que importância tem isso? Michelangelo é ciência? Beethoven é ciência? Vivemos uma ditadura científica, isto sim! E estatística! Se todos fazem, a minoria pensa que a vontade da maioria deve ser respeitada. Foi por isso que, entre outras coisas, o nazismo triunfou. Ou Hitler fez o que fez sozinho? Brecht tem um belo poema em que pergunta...

— Este eu sei de cor.

— Diga.

— Eu sei inteiro, inteirinho, o título é *Perguntas de um Operário que Lê.*

— Diga.

— É comprido.

— Diga.

– *Quem construiu Tebas, a das sete portas?/ Nos livros vem o nome dos reis,/ Mas foram os reis que transportaram as pedras?/ Babilônia, tantas vezes destruída,/ Quem outras tantas a reconstruiu? Em que casas da Lima Dourada moravam seus obreiros?/ No dia em que ficou pronta a Muralha da China/ Para onde foram os seus pedreiros?/ A grande Roma está cheia de arcos de triunfo./ Quem os ergueu? Sobre quem triunfaram os Césares?/ A tão cantada Bizâncio só tinha palácios para os seus habitantes?/ Até a legendária Atlântida, na noite em que o mar a engoliu/ Viu afogados gritar por seus escravos./ O jovem Alexandre conquistou as Índias/ Sozinho? César venceu os gauleses./ Nem sequer tinha um cozinheiro ao seu serviço?/ Quando a sua armada afundou, Filipe de Espanha chorou./ Ninguém mais?/ Frederico II ganhou a guerra dos sete anos/ Quem mais a ganhou?/ Em cada página uma vitória./ Quem cozinhava os festins?/ Em cada década um grande homem./ Quem pagava as despesas?/ Tantas histórias, quantas perguntas!*

– Salomé! Você sempre me surpreendendo! Não sabia que você conhecia o poema inteiro, que sabia de cor todos os versos.

– Bar, tenho poucas luzes, mas a que mais me falta é a tua. Sem você, vou viver sempre na escuridão.

– Não fala assim, há milhares de sóis, embora só vejamos um deles, que não é nem o maior, nem o mais importante.

– Então, seja minha lua! Lua só tem uma, não é?

– Lua, uma só? Enlouqueceu? O que mais tem no espaço sideral e na vida de todo mundo é uma chusma de luas: pessoas cujo brilho não é delas, estão cheias de crateras, muita coisa bateu ali, e elas giram ao redor de outras e, mesmo sem querer, fazem eclipses para amigos e inimigos. E alguns eclipses duram a vida inteira, não têm a regularidade celestial.

– Caramba! E o que você é para mim?

– Ué, o mesmo que eu sou para mim, esqueceu que precisamos da unidade do sujeito, senão enlouquecemos? Cada um com sua unidade. Primeiro, você ame a si mesma, depois a mim. Aliás, este é o meu problema solar!

– Por que?

– Freqüentemente esqueço de mim, devem ser resquícios do seminário. Fomos educados para sermos dos outros, para sairmos de nós, darmos uma voltinha por aí, mas no meu caso a viagem está durando a vida inteira.

– Você fala bonito.

– Para você. Para mim, não. Eu me acho pernóstico. Mas tenho meus orgulhos: Hitler não confiaria em mim. Nem eu nele! Nenhum autoritário pode confiar em mim! Todo autoritário é muito intuitivo comigo: sabe que eu não confio nele!

– Ainda mais se é corrupto, Bar, ainda mais se é mensaleiro.

– É mesmo! Conseguiram colocar uma palavra nova na língua portuguesa! Ano de entrada: 2004.

– Bar, por que você se interessa por essas coisas?

– Essas coisas são as palavras, é o verbo. No princípio era o Verbo, e no meio e no fim também será.

– Mas eles só se interessam por verbas. Bem diferentes de Freud nisso também.

– É, mas todos têm problemas com a mãe.

– Por que?

– Achei que isso eu não precisava te dizer: porque são todos uns filhos da puta.

3

O OFÍCIO DAS TREVAS

*Barrabás, voltando da viagem que fizera para visitar Salomé, passa mal no avião e é ajudado por seu amigo Quarto Crescente, um advogado que jamais chegará a Lua Cheia. Internado às pressas, fica no hospital mais tempo do que o previsto e lá perde os tios que substituíram seus pais, um segredo que Barrabás sepultou dentro de si com todas as perdas, pois cada vez que encontrava o tio lembrava o que fizera quando menino com a tia. A ponto de quase enlouquecer, asfixiado por aquele mistério, é levado à psicoterapia.*

Barrabás voltou do encontro com Salomé, passou mal ainda no avião e foi levado ao hospital. Tristes notícias o rodeavam, algumas delas misteriosas.

Dias depois, Quarto Crescente, seu amigo, quis saber como estava o companheiro que há tempos não via. Procurou o médico dele, o doutor Valdisnei, com quem conversava com freqüência sobre temas que a ninguém mais pareciam interessar, que os dois chamavam de transcendentais.

– Como está Barrabás, doutor?

Quarto Crescente não gostava de chamá-lo pelo nome, que, aliás, sugeriu que fosse mudado, pois o estranho nome tinha sido dado por seus pais, uns pobres coitados, que pensaram homenagear a Walt Disney, sem que o oficial do cartório tivesse atinado com a intenção deles.

– Seu amigo está na psicoterapia, respondeu o doutor Valdisnei.

– Há alguma esperança?

– Ele não é depressivo. O que o salva é sua imaginação. Mas é claro que também ela pode enlouquecê-lo.

– Corre risco de morrer?

– Você está enganado. Os loucos não morrem de sua loucura. Morrem, como qualquer um de nós, de outras coisas. A loucura não mata ninguém. Aliás, este é o grande drama. E ainda desconheço os motivos de o filho ter-se internado com os tios no mesmo hospital.

Quarto Crescente, cerimonioso, só se dirigia ao médico num tratamento quase reverencial.

– O senhor tem sempre a última palavra?

– Sim. Não sou nenhum Jack Kevorkian, o famoso Dr. Morte, mas... Você prefere a eutanásia para seus tios?

– Esses pronomes... Na escola me ensinaram que pronome ia no lugar do nome, mas no de quem? É claro que para meus tios não quero eutanásia, eles vão bem, estou me referindo aos tios dele. E esta só pode ser uma decisão dos médicos.

– Eu não disse?
– O quê?
– O que você disse: o médico tem sempre a última palavra, que lhe é dada pelos familiares.
– O senhor apaga a vela?
– Apago. Alguém um dia tem de apagá-la. Não se pode esperar que a luz definhe indefinidamente.

Um pouco de silêncio, eles se entreolham, depois de ambos contemplarem a bunda da enfermeira que passou numa calça branca apertada.

Quarto Crescente retoma a conversa:
– Os tios dele, nunca soube que tivesse tios, como se chamam?
– João e Catarina.
– Vivem juntos há pouco tempo, os dois vieram de casamentos desencontrados. Vivem juntos, mas podem morrer separados. Você vive junto com uma porção de gente, mas o usual é cada um morrer individualmente, ao contrário do que ocorre em açougues, frigoríficos e outros matadouros, a menos que estejamos em guerra.
– Não estamos.
– É, não estamos. A guerra não é mais necessária.

Outro silêncio. E só para apreciarem de novo a enfermeira, que voltou em seu rebolante caminhar:
– Se morrer, o que mando escrever na lápide?
– De qual deles? O epitáfio é individual.
– Não tenho nada com o casal, me refiro a Barrabás e ele é um só.
– Engano seu. O cadáver, se cadáver houver, será um só. Mas os mortos são mais do que um. No caso do seu

amigo, são sete. Li a obra completa de Freud, a *Standard Edition*, e sei que seu amigo parece um para todos os que o rodeiam, mas, na verdade, como os gatos, tem sete vivendo nele, por isso ele diz brincando, mas esta é a sua mais profunda verdade, que seu nome é Legião.
– Então, como seus tios vão morrer antes dele, preciso organizar os epitáfios mais urgentes. No primeiro túmulo, escrevo: 'aqui jaz um marido que enlouqueceu sua mulher. Saudades do sobrinho', pois eu não sei se eles têm filhos. Assim abandonados, se tiverem, é o mesmo que não terem. E no outro: 'aqui jaz sua mulher.'
– E saudades? Não vai escrever saudades?
– Sim, mas só uma vez.
– Assim ninguém vai entender. É preciso ordenar as coisas direitinho.
– Ué, seu tio morre louco, sua tia morre louca, e eu tenho que ordenar o mundo? Por que eu?
– Porque quem está vivo é você, que é amigo dele. Aliás, você é espírita, Quarto Crescente? De onde vem tanta compaixão? Hoje, cada um quer saber apenas de si.
– Exageros. Espalham isso, mas há muita gente boa no mundo. Onde estava Barrabás quando eles foram internados? Foi ele quem deu a ordem para a internação? Ninguém vai desconfiar de um casal morrer em suas mãos?
O médico era sagaz, mas a presença de Quarto Crescente o deixava inseguro e ele redobrava os cuidados com as palavras, não por temê-lo mas por admirá-lo, como quem não quer esbarrar numa coisa delicada:
– Você quis dizer na minha clínica?
– É. Foi o que quis dizer. Na sua clínica.

E Quarto Crescente esboçou pequeno sorriso ao continuar o diálogo:

— Barrabás me contou que quando pequeno velhas bruxas vinham ao redor do seu berço proclamar a triste sina de que ele não se criaria, que apenas seu pai insistia 'se cria, sim', todos os mais lhe negavam futuro, inclusive sua mãe, e agora ele precisa de um amigo que repita seu pai, pois então eu digo: ele não morre, não.

Valdisnei disse:

— Sejamos sinceros, como os cínicos: eu sou aquilo para o qual me pagam. O ofício das trevas, uma bonita expressão. É da liturgia católica. Você, que é católico...

— Católico, apostólico, romano.

— Goethe e Barrabás também eram.

— Eram, nada.

— Eram, sim. Nessa eu te peguei, Quarto Crescente. Católico quer dizer universal. Eles são universais.

— Sim, sei que são, mas eram?

E Quarto Crescente franziu o cenho:

— O senhor me deixa cheio de dúvidas. Não interfira na luz dos moribundos. Deixe que eles vivam o tanto que lhes foi prescrito, que é indecifrável para todos nós.

— Você vai continuar contribuindo?

— Sim, é preciso contribuir.

— É, sim.

— Porque o governo não paga ninguém que está dando só prejuízo. Não paga também os que estão dando lucro!

— Enquanto os tios agonizam numa ala, o sobrinho enlouquece em outra. Em seus pesadelos, que são freqüentes, grita frases estranhas.

— Que frases? O senhor gravou?

O médico puxou umas anotações:

— Certa noite, num misto de vigília e sono, perguntou se eu queria mais luz. Então, eu disse: sim, eu quero mais luz! E ele me disse: boa noite! A propósito, Barrabás me disse que as últimas palavras de Barrabás foram tão bonitas como a do Outro, dizendo que entregava ao Pai o seu espírito. Esqueci, mas são bonitas de verdade, ele vive citando.

Quarto Crescente socorreu o médico:

— Escuridão, a ti entrego a minha alma!

— Barrabás disse isso?

— Barrabás, não sei, mas Anthony Quinn, sim.

— Não entendi.

— É um filme. Tudo se passa como se fosse na vida!

— Ah, bom! O que a luz não faz!

— A luz é como a palavra: ilumina todo homem que vem a este mundo.

— Você é sempre tão profundo, Quarto Crescente! Mas isto não é de São João?

— Não, por ser tão raso é que estou sempre me derramando. Boa noite!

— Esqueci de perguntar quem lhe deu este nome. Foram seus pais?

— Não, foi Barrabás. Mas não se assuste. Os meus pais são muito católicos. Como os de Barrabás. Meus avós, como o senhor sabe, também. Se eu me chamasse Barrabás ou Wolfgang, qual seria a diferença? Apenas o nome. E outras sutilezas. Goethe tinha dois nomes, mas tornou-se conhecido apenas pelo sobrenome, ninguém diz, ao se referir a ele, o Johann Wolfgang. E o outro Barrabás não tinha sobrenome. Ou, se tinha, ninguém sabe qual era.

O médico já estava achando que tinha que internar Quarto Crescente também:

— Mas Barrabás disse que dá às coisas os nomes que elas têm.

— Sim, às coisas.

— Ah, entendi, disse o médico.

— Boa noite, disse Quarto Crescente.

— Boa noite! disse o médico —, amanhã, à mesma hora, o senhor pode voltar, ele estará melhor e acordado. Disse que não quer assistir à cremação dos tios.

— Caramba! O senhor vai matar mesmo o casal de velhos?

— Matar, não. Vou ajudá-los a morrer. O senhor quer tomar um café comigo na sala dos médicos? Esta noite ela é a sala do médico: estou sozinho. Por que te chamam de Quarto Crescente? Quem é o doutor Adamastor?

— Até o senhor sabe disso.

— Até eu. Falando francamente, eu já fui muito boêmio e mulherengo na vida.

— Se foi boêmio...

— Aí é que o senhor se engana, a maioria dos boêmios são namorados, noivos, maridos, amantes fiéis. A noite é para cantar, beber, fazer farra, raramente para orgias. Sem contar que orgia já teve outro significado. Uma canção que foi sucesso no carnaval de 1928 dizia assim: *A malandragem eu vou deixar/Eu não quero saber da orgia/ Mulher do meu bem-querer/Essa vida não tem mais valia...* Mas não orgia no sentido de bacanal, bagunça, esta zorra de sexo em tudo.

— O nosso amigo ali meio grogue de remédios é que gosta de lembrar que estro, o talento dos poetas, está presente em estrogênio, o hormônio feminino, e que orgasmo quer dizer fúria, explosão, do mesmo étimo do furor uterino.

– Barrabás adora estudar isso! Adora, mas inventa muito. Diz que o primeiro verso da Ilíada, 'canta, musa, a cólera de Aquiles', foi mal traduzido, que cólera ali é tesão, paixão, desejo, amor, mas como ele não queria comer a musa e sim o Agamenon ou qualquer outro grego ou troiano, não ficaria bem o Ocidente ter sua literatura inaugurada por um herói homossexual.

Para surpresa de Quarto Crescente, o médico passou a cantarolar:

– *Nem tudo o que se diz, se faz/ Eu digo e serei capaz/ De não resistir/ Nem é bom falar/ Se a orgia se acabar...*

– Tá vendo?, disse Quarto Crescente –, o sentido era outro, veja estes versos. Ou melhor, ouça.

E foi a vez de Quarto Crescente cantarolar:

– *Se você jurar/ Que me tem amor/ Eu posso me regenerar/ Mas se é só pra fingir, mulher/ A orgia assim não vou deixar...*

Era uma cena dantesca. Cantos e prantos no meio da noite.

– Quem é este que grita mais alto?, perguntou Quarto Crescente.

– Ah, este é um velhinho muito divertido durante todo o dia, que à noite grita de tristeza a noite inteira por qualquer coisinha. Ele acorda no meio da noite e começa a cantar seu canto triste, como se de repente encarnasse nele a alma de um índio guarani punido severamente por um padre jesuíta. Meu Deus! De noite as pessoas são outras, Quarto Crescente. De noite não é só a roupa que você muda para dormir, de noite você muda também a alma e, confesse, já deita com a secreta desconfiança de que pode ser que o sono não tenha fim, pelo menos aqui é assim.

O médico ofereceu-lhe mais um café.

– E quem é o doutor Adamastor?

Quarto Crescente espreguiçou-se na cadeira, deu um longo suspiro.

– Depois do meu terceiro casamento, eu andava pelas ruas da cidade sem saber o que fazer. Achava que mulher nenhuma ia me querer, pois elas compõem uma confraria e, mesmo sendo rivais umas das outras, ainda assim vão espalhando verdades e inverdades sobre os ex-maridos, principalmente inverdades, eu não conheço um sentimento mais criativo do que o ódio, mas tem que ser o ódio amoroso, compreende?

– Compreendo, sim. Odeio muito! Nada do que é do ódio me é estranho, como dizia Terêncio.

– Epa! Ele disse: humano. Nada do que é humano! É da mais profunda natureza do homem odiar, não amar. Nosso córtex cerebral é o mesmo dos ofídios.

– Sim, pode ser, não sei se é, mas Terêncio não sabia disso. Deixe isso pra lá. E o doutor Adamastor?

Quarto Crescente terminou de tomar o café:

– Pois então, eu, muito gordo, careca, quase cego, com óculos de fundo de garrafa verde, destilava certa manhã minhas angústias para meu amigo Sergestus, que, como eu, se descasava toda hora. Sergestus, como o herói troiano cujo nome os romanos latinizaram, se matava de trabalhar a cada novo descasamento e deixava uma rica mansão para cada uma das mulheres das quais se separava. Barrabás e eu certa vez, depois de subornar um presidente corrupto de um sindicato da construção civil, embora isso talvez seja um pleonasmo, uma redundância, pois os pelegos não estavam apenas no lombo dos animais, estavam no lombo dos trabalhadores para não machucar a bunda dos patrões, demos a ele o título de construtor do ano. Ele pensou que era sério, houve solenidade e tudo, entrega de canudo, estatueta etc. Ele só foi descobrir quando desencaixotou a estatueta no palco: era um Príapo com um pau descomunal, que quase batia no queixo da figura.

– E o doutor Adamastor?, perguntou o médico.

– O senhor é muito apressado, vai comer crua a história ou vai esperar que eu conte como devo e quero? Sabe por que a clara do ovo é branca?

– Esta, agora?

– A clara do ovo não é branca, torna-se branca depois que é batida e a cozinheira pensa que ficou branca porque ela bateu, não é nada disso, a clara do ovo fica branca porque incide sobre ela a luz branca, se ela batesse a clara sob uma luz azul, a clara ficaria azulada. Barrabás me diz que quem escreve bate claras de ovo no escuro.

– Sim, sim. E o doutor Adamastor?

– Eu estava no carro do Sergestus, ele procurava me consolar daquele jeito tão dele 'você não vale nada, você não se emenda, você é um caso perdido, não por se separar, deve sempre se separar mesmo, mas tem que se preocupar com um mínimo para a sobrevivência, até formiga, até passarinho faz isso, só você que não', sabe como é? E então eu vi aquela loura se exercitando numa bicicleta que não vai a lugar nenhum, vi aquela beldade atrás da vidraça e me apaixonei perdidamente por ela. Me despedi de Sergestus, concordei em tudo com ele, tomei um banho, vesti uma sunga por debaixo da calça e voltei correndo pra lá, tinha anotado o nome da rua, o número onde ficava o jardim de Academos.

– Jardim de Academos, era este o nome da academia? Que bonito!

– Claro que não, ou você acha que têm algum lastro de cultura os donos dessas academias que parecem uma variante da construção civil, tantos suam e penam ali, mas sabe como é, cada um aprimora a forma física como pode, os operários nos andaimes, enquanto as mulheres engordam em casa, e as burguesas ali, enquanto os maridos engordam alhures, tudo é uma questão de obesidade, depois da imigração, o maior problema do mundo. O nome da academia era *Fitness* não sei o quê, esqueci, já faz tempo, era na época em que havia muitas boates chamadas *dancing days*, por causa de uma novela do mesmo título, do Gilberto Braga, compreende?

O médico estava muito curioso:

– Precisa espichar tanto a história?

– O senhor é mesmo muito apressado. Deveria ler um romance de Osman Lins, *Avalovara*. O patrão diz que no dia em que o escravo descobrir um palíndromo perfeito, ele lhe dará a liberdade. Ele descobre, depois de muito craniar, e vai dizer ao patrão, tempos mais tarde, que enfim construiu um palíndromo perfeito, depois de observar operários pondo tijolinhos em carreira indo e vindo, e depois de ver os lavradores arando a terra, indo e vindo aparentemente nas mesmas direções, mas sempre por um rego novo, diz o escravo: 'não digo, não, agora que o senhor não manda mais em mim, não manda também em meus prazos, agora sou eu que vou marcar o dia do fim da minha escravidão'. O patrão fica puto com ele, começa a perguntar a meio mundo se o escravo não contou a ninguém o tal palíndromo perfeito. O escravo, muito feliz com a liberdade conquistada, como se tivesse acabado de eleger o seu candidato, compreende?, toma um porre com uma prostituta! Os néscios são sempre muito perigosos, não somente para eles mesmos, mas o que é pior, para os outros, pelas besteiras que fazem. Conta para a prostituta, já de antemão comprada pelo patrão dele, sabedor de que o escravo (néscio para umas coisas, inteligentíssimo para outras), como se fosse um sábio, ia sempre aos mesmos lugares. A puta, devidamente subornada, deixa ele dormindo e vai levar o segredo quentinho para o seu patrão, a tal frase, que, lida de um lado para o outro, da esquerda para a direita, da direita para a esquerda, de cima pra baixo, de baixo pra cima, tinha sempre o mesmo significado: *sator arepo tenet opera rotas*, frase latina que designa o que os lavradores e os pedreiros fazem, isto é, que mantêm o tijolo e o arado no lugar, assim como o piloto mantém o navio no mar, indo e voltando para o porto, de onde outra vez sai, e como Deus faz com o universo, e nós conosco mesmos, enfim. Quer que eu faça o quadradinho para o senhor ver como é bonito o palíndromo?

— Não, pelo amor de Deus, eu só lhe perguntei do doutor Adamastor.

— Chegaremos lá, ou melhor, chegaremos a ele. Antes me permita dizer-lhe doutor Esculápio, que o escravo

acorda, se veste, sai pelas ruas, o sol já vai alto, e vê o palíndromo escrito em todos os muros de Pompéia, a história se passa em Pompéia.
– O autor era italiano?
– Não. Era brasileiro, funcionário do Banco do Brasil e depois professor da USP.
– E o doutor Adamastor?
– Era meu apelido. Entrei na academia, subornei o garçom do barzinho, só tinha suco, ele foi buscar uma cerveja, me contou que a loura que eu tanto admirava gostava de vulcões, fui a livrarias, bibliotecas, sebos, comprei tudo o que havia sobre vulcões e uma semana depois voltei àquela academia, passei de sunga, feio e triste, por aquela loura e disse ao léu, como quem não quer nada, que aquela cidade estava ficando muito chata, que naquela cidade já tinha cantado Caruso, e agora ninguém sabia nada de vulcões, não havia um vivente com quem eu pudesse conversar sobre vulcões, ela disse 'vulcões?', me casei com ela, depois de cinzas assopradas, brasas redivivas, ela era separada também, e fiquei muito tempo em casa, mas uma noite, depois de muito ela insistir, saímos para divagar um pouco, ou, como se diz, comer fora, mas não no quintal, escolhi o mais longínquo boteco, e de um a um todos os garçons me recebiam com a saudação 'doutor Adamastor, quanto tempo' etc. e a história culminou no táxi, um fusca, ela me xingando disso e daquilo, com razão, porque eu tinha mentido muito pra ela, tinha até pseudônimo para freqüentar a noite, ela foi me xingando por longas quadras, o taxista, que também me conhecia, de repente deu uma freada de supetão e a mi-

nha loura bateu com a cabeça no espelhinho do fusca, gritando 'o que foi isso?', o taxista disse 'doutor Adamastor, nunca vi o senhor tão apalermado, me desculpe, bebeu muito, não vai dar uns tabefes nessa piranha?, quer que eu mesmo dê e jogue ela ali na calçada, nunca vi o senhor assim em toda a minha vida'. Falei assim pro taxista 'você não sabe de nada, não se meta, esta é a mulher da minha vida, que eu hoje estou perdendo para sempre, e comecei a soluçar desesperado de tudo, mas parecia uivar como um cachorro louco, dali até em casa viajamos outras longas quadras, ela em silêncio, eu em prantos alucinados, desembarcamos, foi ela quem pagou o táxi e quando o taxista pegou o dinheiro e disse 'não tenho troco pra tanto, minha senhora, a senhora me desculpe se eu...', não teve tempo de terminar as escusas, a minha loura desceu a mão na orelha dele, xingou o cara de tudo, eu comecei a gargalhar, ele voltou para um dos inferninhos onde estacionava o táxi na porta e disse a todos que eu tinha enlouquecido, era a mais pura verdade, enlouquecido por ela, entramos para dentro de casa e entre gargalhadas e soluços lhe contei meu passado até então inconfessável, eu amava aquela mulher, esta é a verdadeira história do doutor Adamastor que outrem conta de outro modo, mas esta é uma miniautobiografia, nunca mais nos separamos, desde aquela noite fazemos amor todos os dias, às vezes várias vezes por dia, eu brotei, eu ressuscitei, eu fiz uma arqueologia e o menino que em mim habita, se morrer, não será por minhas mãos, eu sou o melhor amigo de Barrabás porque somos como dois meninos que jamais envelhecem.

E Quarto Crescente levantou-se e foi à janela. Uma linda lua cheia, entidade utópica, segundo Barrabás, em que Quarto Crescente ainda não se tinha transformado, caminhava pelo céu, veloz como todos os deuses, sempre com nomes de planetas, mas, como eles, aparentando lentidão, vagareza. Quarto Crescente a contemplou com uma tristeza infinita e disse baixinho, mas sem esconder seu desespero:

– Não é a ti que eu amo, Lua Boba, eu amo é Lua Nova, a minha ninfetinha, amo como jamais amei mulher alguma, que pena que ela não sabe o quanto, ainda que, desde a noite inesquecível vivida com o doutor Adamastor, saiba que é um amor forte e dos brabos.

O médico, só então Quarto Crescente percebeu, dormia profundamente na cadeira. Quarto Crescente nem se importou, pois contara a história para si mesmo, na desesperada tentativa de se entender, o que estava ficando cada vez mais difícil.

O médico acordou:

– Ouvi tudo, só perdi o que houve com Loreius, o escravo frígio que inventou o palíndromo e depois se suicidou.

– Por delicadeza, não precisa mentir, disse Quarto Crescente – você conhecia a história.

– Não conhecia, não.

– Em nenhum momento eu disse que o escravo era frígio, que esse chamava Loreius, que, como o Werther de Goethe, também se suicidou. O suicídio afinal não é tão raro assim e tem sido a última porta para uma porção de desesperados.

# 4

## O SUBSTITUTO DE JUDAS

*Barrabás, curado, volta à universidade onde é professor e dá esplêndida aula sobre o Demônio, achando normal que o fantasma do presidente Getúlio Vargas assuste a responsável pela Delegacia da Mulher, depois de atormentar o chefe da Ong Kong Lusco-Fusco, que agencia putas em famosa avenida da cidade. Quarto Crescente, que em alguns dias se apequenava, transformando-se em Quarto Mingante, ouve tudo sem entender, mas o General, celebrando os gélidos silêncios de Barrabás, impostos aqueles que o traíram, diz:*
— *O senhor tem uma doçura que engana. Os incautos supõem que, sendo tão fino de trato, não saiba ferir. Mas eu, que sou militar de formação, tenho cautela ainda maior com quem parece que não sabe atacar ou demora a fazê-lo. Esse tipo de inimigo é devastador numa contra-ofensiva!*

Barrabás deixou o hospital alguns dias depois e voltou à universidade, onde dava aulas sobre o Demônio naquele semestre. Não tinha escolhido o tema. Via dezenas deles disfarçados de professores, de funcionários e de alunos, e resolveu entendê-los. Para isso precisava conhecê-los. E achou que o melhor seria começar por alguma teoria que explicasse a essência deles. Assim nada mais indicado do que aprofundar-se em Satanás.

Depois de cansado de ler, ainda que ao som da música que mais gostava, a nona sinfonia de Beethoven, com o seu entusiástico *Hino à Alegria*, tomou o pretinho, como chamava seu computador de colo, e começou a dedilhar, disfarçando-se na terceira pessoa – ele adorava fazer isso: complicar a vida dos leitores que já o conheciam, certo de que adiante viriam os sinais de decifração que, às vezes, apesar de indeléveis, estavam ocultos em tênues semânticas. Ou ilegíveis, confusos e dispersos, como diziam alguns de seus críticos, que faziam os comentários sem saber que o barroco Barrabás adorava desconcertá-los, não por prazer sádico, mas porque somente sabia escrever daquele modo, pulando de flores em sepulcros, de tumbas em velas, de berços em caixões, de delicadas moças a assanhadas ou tristes piranhas.

Não sabia ainda como escrever o sonho desarrumado que tivera. Não poderia chamá-lo de pesadelo, era um sonho leve, porém anárquico. Sonhara que Quarto Crescente certo dia veio entregar-lhe um cozinheiro judeu. No sonho, gritava ao amigo:

– Pel'amor de Deus, Quarto Crescente, você mistura muito as coisas, o cozinheiro judeu que você me trouxe, eu o pus no outro romance. Onde você encontra tantos cozinheiros judeus? Troque a nacionalidade.

– Diga que este mestre-cuca que eu comprei em Descalvado é muçulmano, etnia não tem importância nenhuma, sendo de todo modo menos importante do que nacionalidade, importante é não se matar uns aos outros, conviver em paz, enfim. Descalvado é o lugar da caveira. Era dever deste cozinheiro judeu proteger o túmulo de Adão e Eva, que, como poucos sabem, estão enterrados no Brasil.

O sonho era influenciado por trapaças do inconsciente.

Quarto Crescente e Barrabás tinham lido as teorias, melhor dizendo, teologias, de Pedro de Rates Henequim, filho ilegítimo de um cônsul holandês com uma moça portuguesa muito pobre, nascido em Lisboa, em 1680.

Henequim tinha vivido vários anos no Brasil e voltou para Portugal em 1722, tendo sido executado em auto-de-fé, em sua cidade natal, em 1744. Era um herege que defendia idéias no mínimo curiosas e algumas delas muito divertidas.

Bem antes de Freud, intuiu que o pecado original, sempre ligado à nudez e ao sexo, tinha outros símbolos fálicos além da serpente. Nem figos nem maçãs, como quiseram os renascentistas. Havia uma banana na História da Salvação. Como Adão e Eva estivessem no Brasil, para cometer o primeiro pecado, Eva não descascou o abacaxi, mas a banana.

Inspirado em pinturas medievais, dizia que Adão e Eva não tinham umbigo, pois o primeiro homem tinha sido feito do barro; e a primeira mulher, da costela dele. Por isso Deus não tinha cortado o cordão umbilical de nenhum dos dois.

Bom em português, para provar que o homem foi criado por mais de uma entidade, Henequim serviu-se do texto bíblico que diz: "Façamos o homem à nossa imagem e semelhança". Escreveu nosso herege: "Se é 'façamos', é mais do que um". Ele não aceitava o plural majestático, usado hoje até pelo papa.

Um vizinho, com vocação de delator, fez a denúncia à Inquisição. Ele foi queimado vivo, em Libsoa, depois do competente inquérito, que levou algum tempo para ser concluído, tão complexas eram suas heresias.

Misterioso escultor fez muito mais tarde duas estátuas de pedra, que durante séculos marcaram o lugar em que Adão e Eva caíram. É que tinham vindo da Bahia para São Paulo – naturalmente os nomes ainda não eram esses – e se estabeleceram nas cercanias de Santo Carlos, vindo a morrer em Descalvado. – Adão e Eva morreram em Descalvado, disse Barrabás –, quem vai gostar de saber desta loucura é Lygia Fagundes Telles, que passou a infância nessa cidade descabelada.

– Para você ter uma idéia, disse Barrabás a Quarto Crescente –, conheci quem conheceu as estátuas, que eram muito parecidas com a do José do Patrocínio, arrancada da Fazenda São Joaquim e levada do Brasil para a Argentina quando estes já eram os nomes dos respectivos países.

E acrescentou, escandindo as sílabas naquela narrativa doida:

– Como se sabe, depois do pecado de nossos primeiros pais, o mundo foi todo dividido, vieram os vulcões, os terremotos, os maremotos, as tempestades, os raios, as enchentes, as secas, enfim tudo o que divide, reparte e concentra, incluindo a felicidade que somente é outorgada a uns poucos.

– E quem trouxe para cá, não todas as estátuas, mas a de José do Patrocínio?, perguntou Quarto Crescente, interessadíssimo naquela história.

– O herdeiro da Fazenda São Joaquim, que passou anos e anos recuperando o que a vida lhe roubara, foi quem a trouxe de volta: estava no Chile, sem que se soubesse o que José do Patrocínio tinha ido fazer lá, nem sequer quem o levara pra lá, pois quem a vendeu de novo ao Paulo Botelho não soube informar. Ele a pôs no corredor de entrada, em sua casa na fazenda. O escultor fez um Patrocínio todo preto, vestido todo de branco. E de chapéu.

– Olha, Bar, um taxista me disse que a Abolição só foi possível porque o José do Patrocínio era amante da Princesa Isabel. Meu Deus, que povo mais libidinoso, que em tudo vê sexo!

Quarto Crescente às vezes entrava em minguante e se apequenava, mas não nos sonhos. Ele e Barrabás tinham prazer em relatar sonhos mútuos, que constituíam boa parte de sua prosa. Ao contrário do amigo, Quarto Crescente, porém, gostava de procurar as putas da avenida Getúlio Vargas, não para travar forçosamente relação carnal com elas, mas por muito admirá-las, não apenas a elas, mas a todas as meretrizes do mundo.

Via aquelas mulheres, travestis e demais exemplares da fauna noturna que por ali perambulava, e, como ingerisse muitos comprimidos – uns, para debelar o sono; outros, para trazê-lo de volta – tinha visões e ouvia vozes, algumas delas familiares, como a de Getúlio Vargas, que ouvira quando menino, no estádio do Vasco e pelo rádio, e outras muito estranhas, como a de alguns professores universitários que, além de entreguistas e delatores, eram seres amorfos, que se vangloriavam do que tinham feito nos rodapés dos artigos que publicavam na imprensa, sendo os rodapés quase do tamanho dos artigos de muitos deles, como se se desculpassem: "este artigo é uma porcaria, mas eu já fiz isso e aquilo".

Tinham poucos encantos aqueles mestres bobos e jamais perceberam os micos-leões-dourados e epilépticos que Quarto Crescente carregava nos ombros, não para divertir os transeuntes, mas para seu conforto e alegria. Dele e de sua adorável ninfetinha, de pés lindíssimos, objeto da luxúria, ainda que apenas contemplativa, de respeitáveis e contidos senhores que – veja como é o mundo! – entretanto jamais lhe revelaram a descabida admiração!

No sonho, Quarto Crescente trouxera o cozinheiro judeu quando o fantasma de Getúlio Vargas já rondava a avenida que o homenageava.

– Gregório, disse Getúlio um dia, pois o presidente, temendo o que acontecia nos últimos tempos, mesmo morto jamais viera a Santo Carlos sem o temível guarda-costas –, você não pode afastar essas sirigaitas lá para a outra rua, a do comendador Maffei?

– Presidente, dissera-lhe Gregório –, esta cidade tem italiano demais, este é o problema.

– Não captei, dissera-lhe Getúlio. – Você está falando como naquele dia em que organizou o atentado a Lacerda e acertou no major Vaz.

Não era a primeira vez que o presidente, personificado na avenida à qual dava o nome, dialogava como um

Adamastor de Camões, obrigado a permanecer fincado no lugar onde outras forças, não mais míticas, mas políticas, lhe tinham destinado.

– Presidente, um assunto de cada vez. Não fui eu, já lhe disse! Quem mandou matar o Vaz foi o Lacerda. Tantas fez o Lacerda que o povo deu seu nome a um inseto, o lacerdinha, também conhecido como azucrinol. Sabia que Azucrim é um diabo da Ásia?

– Você anda mais confuso do que Barrabás e Quarto Crescente juntos, disse-lhe o presidente.

– Mas, presidente, como vou fazer para que as meninas artistas sejam transferidas para a rua do italiano?

– Como sempre fez, disse-lhe Getúlio. – Fale com o chefe da polícia.

Consta nos autos da Delegacia da Mulher que Gregório tentou seguir a recomendação do presidente, de quem continuava escudeiro fiel na eternidade e naquela avenida, mas ao adentrar ao recinto, tendo errado de repartição, matou a titular de susto. Ela era lésbica. Quando viu aquele negrão, tarde da noite, já em horas mortas, diante dela perguntando se era a encarregada das putas, teve um chilique, um ataque e mais uma porção de coisas e exclamou antes de morrer:

– Quem cuida das putas é o chefe da Ong Kong Lusco-Fusco, ele não faz outra coisa na vida, ele adora putas de qualquer calibre, é uma coisa freudiana, talvez ele se comporte assim por ser um grande filho de uma! Foi também ele quem escolheu o nome da empresa que dirige. Querendo arrumar uma forma ilícita de viver – pois seu hábitat natural é o pântano da corrupção – fun-

dou a Ong Kong Lusco-Fusco, que tem este nome porque ele abomina a luz!
– Mas por que Ong Kong? E não seria mais verdadeiro Ong Kong Lesa-Fisco?
– Ah, mas isso seria admitir a essência, e ele, mesmo sendo muito burro, sabe enganar o fisco, ainda que tenha entendido que as Ongs não se chamassem como de fato se chamam, mas Ongs Kongs.
Nos registros consta apenas que era maio de 2003, mas não se sabe exatamente a noite em que Gregório esteve lá. O certo é que Getúlio Vargas demoraria a ser atendido.
Quarto Crescente pegou folhas soltas sobre a mesa de Barrabás e começou a ler um texto intitulado apenas *Jorge Amado e Outros,* que escrevera disfarçando-se em terceira pessoa:
"Certa vez uma professora pediu a Barrabás que desse um jeito de trazer Jorge Amado a Santo Carlos. Queria apenas tocar nele, pois se achava incorporada por um Exu pilantra. Barrabás era um dos mais jovens participantes daquele congresso de escritores. Tinha 32 anos. Jorge estava beirando os setenta. 'Onde está a professora?', perguntou o baiano, gentilíssimo, quando Barrabás lhe disse que uma fã queria ser apresentada a ele, 'traga ela aqui'.
Barrabás a trouxe para perto dele e os três se abraçaram. 'Que energia bonita eu senti grudada nele!' – exclamou a professora, que nunca mais iria esquecer aquele abraço.
Fazia dois meses que Barrabás morava em Santo Carlos. E assim, de repente, teve alguns dias de convivência com luminares de nossas letras. Saiu dali amigo de

diversos escritores, entre eles J. J. Veiga, que lhe ensinou que a gente tem sempre que levar uma sacola de plástico. Um dia, no aeroporto de Brasília, testemunhou a utilidade. Esposa de conhecido escritor deixou cair, na correria do embarque, um monte de penduricalhos, presentinhos diversos. Seu desespero durou pouco. Veiga juntou tudo o que caíra, pôs na tal sacola e embarcou com Barrabás. Este lhe disse: 'para você, é nossa última viagem. Mas ainda este ano te encontrarei no Paraíso'. Veiga, que era senhor de verve complexa e refinada, entendeu a charada: 'mas eu não sou ladrão!'

Ao redor, os outros passageiros, sem nenhuma cultura religiosa ou bíblica – afinal, de fato, o Céu foi inaugurado pelo ladrão Dimas, enquanto Gestas, cuja alma Satanás já comprara, seguia seu destino de mercadoria a ser entregue nos Infernos –, pensaram que eles conversavam de paraísos fiscais, pois o mais doce esporte dos especuladores que estavam levando o Brasil e outros países a sucessivas bancarrotas era não pagar impostos, o que resultava na sobrecarga de todos os outros, principalmente dos assalariados.

Nos encontros de escritores, todos se tratavam de igual para igual, mas quando chegava Jorge Amado, tudo mudava. Uma natural ascendência se instalava. Perto dele, famosos ou iniciantes, todos eram ninguém. Não se sabe quantos livros dele foram vendidos, até então ninguém tinha calculado o número de exemplares. Jorge Amado já tinha 65 anos e sua vida editorial estava entregue a um livreiro, seu amigo, cujas relações impediam a formalização dos negócios.

O escritor estava às portas da morte quando apareceram números impressionantes. A obra dele vendera 21 milhões de exemplares no Brasil. Do resto do mundo não se tinha a cifra exata. Mas ele tinha sido traduzido para 48 línguas em 52 países. Um percurso admirável para um menino que tinha apenas um ano de idade quando viu o pai tombar a seu lado, atingido por uma bala, em briga por terras. Felizmente o pai sobreviveu.

Morreu sem receber o Prêmio Nobel, como ocorreu a Erico Verissimo, Carlos Drummond de Andrade, Cecília Meireles, João Cabral de Melo Neto e tantos outros brasileiros. Para ele, não valeu nem a desculpa de que não estava traduzido para línguas literárias. Inglês, alemão, francês, italiano, espanhol, russo, chinês – sua obra já era lida e conhecida em muitos idiomas.

O Brasil lhe devia muito. Devia-lhe, principalmente, por ele ter mostrado que era possível e louvável a convivência dos diferentes. Árabes, judeus, europeus, africanos, índios – nossas diversidades étnicas e culturais, longe de nos apequenar, nos engrandeciam. A mistura era a grande marca de nossa nacionalidade.

Havia conflitos, mas o brasileiro, no alvorecer do terceiro milênio, estava cada vez mais moreno. Não apenas na pele. Nos usos e costumes, na música, nos livros, nos filmes, no teatro, na televisão. Em nossa pátria seria impossível um conflito étnico como aqueles que volta e meia irrompem nos Bálcãs, no Oriente Médio, no Afeganistão ou numa escola dos Estados Unidos.

Jorge Amado deu grande contribuição à paz do Brasil. E não escamoteou os conflitos. Antes os denunciou e revelou em sua esplêndida obra de tantos e tão memoráveis romances. E muitas vezes pagou caro por isso. Teve livros proibidos, foi processado, preso, exilado. O Brasil o maltratou muito durante alguns anos. Mas ele seguiu sem ressentimentos. Era mais generoso e muito maior do que os que o perseguiram, até mesmo nas universidades, tentando desqualificar ou ignorar sua obra. Era o que Barrabás mais estranhava: o ódio gratuito a escritores, ou o simples desprezo, outra forma sutil de odiá-los, em universidades que por função deveriam darlhes atenção, senão a eles, a suas obras.

Contudo, quando Jorge Amado morreu, em 2001, todos se uniram nas lamentações. Perdemos o nosso maior escritor etc."

Quarto Crescente, depois de ter lido assim por cima o ensaio que Barrabás estava escrevendo:

– Sinceramente, quando você escreve sobre literatura, gosto menos. O que mais gosto é de ver você fazendo literatura, escrevendo o que de dentro de você se esvai, como você diz. Você sabia, Barrabás, que Barrabás quer dizer filho do pai?, perguntou Quarto Crescente. – Por que você quis chamar-se Barrabás?

Barrabás sorriu com alguma tristeza:

– É que no começo de qualquer evento na minha vida, desde que precisei trocar de nome no exílio, crucificam outros, mas no fim crucificam a mim também.

– Quantas cruzes!, exclamou Quarto Crescente –, Cruzes!

– E o pior não é isso. É que no Brasil dificilmente fixam cruzes que memorem os nomes dos que sofreram.

Quarto Crescente trouxe o livro que Barrabás queria, tomou o habitual copo de vinho e despediu-se. Barrabás, cansado, pois da universidade tinha ido visitar uma granja de frangos, assistiu a um concurso de miss na televisão, registrou que todas as candidatas tinham pés enormes, viu seu time preferido perder e estirou-se no sofá para cochilar um pouco.

Acordou com o telefone. Era o general.

– Acabei de ler seu livro. Muito curioso. Prendeu-me a atenção. O senhor incluiu na trama a Retirada da Laguna. Conversei com o Kestner, o meu primo que você conheceu na Fazenda, e tive o cuidado de aconselhá-lo a que seja sempre seu amigo. Como lhe disse outro dia, o senhor tem uma doçura que engana. Os incautos supõem que, sendo tão fino de trato, não saiba ferir. Mas eu, que sou militar de formação, tenho cautela ainda maior com quem parece que não sabe atacar ou demora a fazê-lo. Esse tipo de inimigo é devastador numa contra-ofensiva! Como vai o senhor?

Era assim o general. Quando se certificava de que tinham atendido ao telefone, falava tudo aos borbotões e somente no final do primeiro desembuche é que perguntava como ia a pessoa para quem tinha ligado.

O general continuou:

– O filósofo Arquíloco que, como todo pré-socrático era poeta, de cuja obra sobraram apenas alguns fragmentos, escreveu: 'eu tenho uma grande arte. Eu firo duramente aqueles que me ferem'. Li isso num livro daquele escritor que o senhor me recomendou, que é seu amigo e mora aqui no Rio.

– Mas eu não sei ferir ninguém, general. Preciso aprender com o senhor. Quando é que continuam as aulas já iniciadas?

– Jamais ensinarei algo ao senhor, a não ser a envelhecer. Do alto dos meus noventa anos, como e durmo bem. Levanto, leio os jornais, tomo o café, dou uma caminhada, leio e escrevo. Sempre fui um homem de hábitos morigerados.

Conversaram mais algumas amenidades e marcaram encontrar-se dali a uma semana. – No lugar de sempre, disse o general ao desligar.

No outro dia bem cedo, Barrabás tomou o caminho da alfarrabista Myrjam. Queria livros sobre ovos, granjas, etimologias e vulcões. Como sempre, ela não perguntou por quê. Disse apenas ao entregá-los sobre a mesa para ele escolher:

– Estão todos aqui. Há um livro sobre vulcões que vai chegar semana que vem. É um exemplar muito raro. Guardarei para você.

– Obrigado, disse Barrabás. – Eu queria também uma Bíblia antiga. A primeira edição da tradução do padre João Ferreira de Almeida.

– Você e suas costumeiras heresias, disse Myrjam. – Esse padre não foi aquele que, depois de fazer a tradução, converteu-se aos protestantes?

– Esse mesmo, disse Barrabás.

– E posso saber o que o encuca no momento?

– Uma curiosidadezinha de nada. Quando os apóstolos se reúnem, logo depois da Ascensão do Senhor, Pedro os conclama a escolherem o substituto de Judas entre eles, pois toda a Jerusalém sabia de Judas, o homem dos trinta dinheiros que, antes de se enforcar, tinha comprado um campo chamado Acéldama.

– Sei, disse Myrjam, que era muito culta. – Quer ver? E foi buscar uma antiga edição da Bíblia.

— No Salmo 69,26 e também no 109,9 está escrito 'fique deserta a tua habitação, nem haja quem habite nela e receba outro o seu cargo'.

— Pois é, disse Barrabás. — Eles fazem a eleição, dois candidatos disputam. O nome do escolhido para substituir Judas era Matias. O outro chamava-se Barrabás, o justo. Este perdeu. Como se sabe, é quase sempre o justo quem perde. Assim como na maioria dos litígios, o Mal vence o Bem.

Myrjam perguntou: — e qual é a diferença?

— Entre o quê?, perguntou-lhe Barrabás.

— O Mal ou o Bem vencer, tanto faz!, disse Myrjam.

— De jeito nenhum. Há mentira das grossas no episódio: acho que a Tradição fez questão de dissimular que o Barrabás que perdeu para Matias era o mesmo a quem o povo deu a liberdade, condenando a Jesus no célebre plebiscito.

Barrabás tivera alguns judas em sua vida, mas não gostava de recordá-los, muito menos dos episódios de traição. Esses silêncios e omissões não o incomodavam. Um dia lhe perguntaram por que não referia certos assuntos.

— Porque quero esquecê-los, e este silêncio não me incomoda, incomoda a você?, perguntou ao interlocutor, acrescentando: — Sei que você, como antigos nazistas, cumpre ordens, qual foi a ordem desta vez? Saber como estou? Saber o que faço, o que penso, o que escrevo? Diga o seguinte a quem te mandou me bisbilhotar: do remorso ninguém se livra, a vida inteira é pouco, e a referência universal da traição, a venda dos amigos, pode ser feita no varejo ou no atacado. Por enquanto tem sido assim, no varejo, mas daqui a pouco eles progridem e passarão a trair em lotes.

# 5

## INSTRUÇÕES PARA VENDER A ALMA AO DIABO

*Barrabás, depois de ouvir Lua Nova, a ninfetinha de Quarto Crescente, comenta a nossa natureza original,* die eigentliche Originalnatur, *que, segundo ele, na bela e complexa definição de Goethe, consiste nisso: já nascemos com tudo o que mais tarde descobriremos, mas levaremos a vida inteira para tirar de dentro de nós o que já sabemos, sejam saberes, sejam sabores. E diz a Salomé:*

*— Aqui, abraçado a você, enquanto meu coração dispara, como você pode sentir no teu seio direito, minha cabeça cavouca no meu coração e quer trazer de lá o que minha mente descobrir.*

*E, depois, já no banho, responde a Salomé, que lhe pergunta como se faz para vender a alma ao Diabo.*

*— Não compro nada, apenas vendo miudezas, pequenas coisas que carrego em minhas almas, coisas tão pequenas que milhares delas podem dançar na ponta de uma agulha.*

– Quando é que você volta?, perguntou Quarto Crescente ao amigo quando se despediam no aeroporto.
– Quinta-feira.
– Vai ficar apenas uma semana?
– Salomé ainda estuda. Se eu me demorar demais, em vez de meu amor lhe fazer bem, vou atrapalhar a moça.
– Deixe que ela decida isso.
– Não posso. Você vem me buscar na quinta-feira?
– A que horas?
– Às quatro. Daqui iremos a São Paulo.
– Por que, então, não desce em Congonhas?
– Ainda preciso disfarçar. Preciso descer aqui, em Viracopos. Não me pergunte por quê.
– Quinta, então, às quatro. Combinado. Vai com Deus!

Barrabás ir com Deus? Ultimamente apenas os Diabos lhe faziam companhia. Quando o avião correu na pista, ele teve um pequeno sobressalto. – Se eu morrer, como Álvares de Azevedo levarei apenas uma saudade!

Barrabás tinha grande admiração por Goethe, cuja obra vivia relendo. Não apenas os dois Faustos, mas também suas biografias, um gênero que aprendera a admirar recentemente, depois de ler o livro que Alberto Dines escrevera sobre Stefan Zweig, o trágico escritor que se suicidara com a amada em Petrópolis. O judeu-austríaco achou que seria o Brasil o país do futuro. O judeu-brasileiro concluiu que houve *Morte no Paraíso*. Pensava, porém, que os tempos eram outros, ainda que não entendesse as secretas razões de tanto admirar Goethe.

Quando surge um grande escritor, aceito por crítica e público, é compreensível que acabe por influenciar jovens escritores em formação. Mas Goethe o encantava, não apenas por temas e estilo, mas também por certas analogias que fazia com sua família em negócios com Satanás, como depreendia das histórias narradas por sua avó Charlotte José.

Em 2007, no Brasil, ainda eram muitos os que tentavam imitar aqueles escritores que tinham sabido conciliar sucesso de crítica e público. Num debate de escritores, Barrabás, cansado ou entediado, o que dava no mesmo, dissera:

– É melhor não imitar ninguém. Lembrem-se do verso do poeta espanhol António Machado "caminhante, não há caminho, faz-se o caminho ao andar" e se querem ser Paulo Coelho, sejam Paulo Coelho, mas Paulo Coelho é o cachorro-quente da literatura brasileira, quase não há variação de estilo, é apenas com molho ou sem molho. Se quiserem escrever com qualidade, comparem-se a diligentes cozinheiros, que elaboram pratos sofisticados, sabendo que cozinham para poucos e ainda assim, exigentíssimos, pois querem um amplo cardápio.

Barrabás via assim repetir-se em seu outono o que ocorrera em 1774, um ano apenas da publicação de *Die Leiden des jungen Werthers*, quando já proliferavam diversos livros que procuravam em vão imitar temas e estilo de Goethe. Nas cortes da Alemanha, vicejavam conversas em que ele era, e ele sabia disso, assunto constante.

Um jovem príncipe escrevia à irmã:

– Hoje eu jantei ao lado de Goethe. Ele fala bem, é espirituoso, divertido e agradável.

A ninfetinha de Quarto Crescente, em dia em que estava mais alegre do que em outros, ao ouvir comentários de que muitos gostavam de Barrabás pelo modo como, desarmado, intepretava livros alheios, saiu-se com uma frase que o encantara:

– Mas quem não gosta de Barrabás?

Barrabás sabia muito bem quem... Morava numa cidade de duzentos mil habitantes. Goethe, numa de seis mil. Quando Goethe falava, era como se derramasse um cesto de flores, escreveu um biógrafo.

– O que dirão de mim quando eu morrer?, indagou-se Barrabás quando o avião já se preparava para descer no Rio.

– Morrer também é bom, dissera-lhe seu editor, que acrescentara:

– Viver é bom, mas morrer é bom também. Morrer é parte do viver.

No aeroporto, Salomé o esperava com uma flor vermelha nas mãos. Doce e terna, espalhou seu olhar sobre ele, sem se fixar em parte alguma.

– Salomé, queridinha do meu coração, luz de minhas trevas, oh Salomé, que bom te encontrar, melhor ainda é te ver me esperando. Até me escondi atrás de uma coluna e me tornei o último dos passageiros para ver se você ficava intranqüila, mas não! Você era toda certezas.

Salomé apenas sorriu, deu-lhe um curto beijo, convidou-o a um café e ficou contemplando aquele por quem tanto esperara. E já ao lado do carro declamou-lhe um poema de Alphonsus de Guimaraens. Os anos que vivera em Minas davam-lhe um toque montanhoso aos dialetos que se misturavam. Olhou bem para o amado, como se perscrutasse a alma dele pelos olhos, as famosas janelas, e disse:

– *A dor imaterial que magoa o teu riso,/ Tênue, pairando à flor dos lábios, tão de leve,/ Faz-me sempre pensar em tudo que é indeciso:/ Luares, pores-do-sol, cousas que morrem breve.*

Não inteiramente surpresa, sorriu quando Barrabás a acompanhou, de cor, pronunciando junto com ela o que agora a amada lia:

– *Dona Mística, deusa imortalmente santa!/ Tudo que é aroma e luz, tudo que chora e canta,/ Passa no teu olhar, geme nas tuas frases.../ Se um dia eu alcançar o Paraíso que habitas....*

E Barrabás parou para que ela lesse sozinha o resto.

Dali seguiram para uma livraria e depois para um café.

– Se meu amor não fosse absoluto, seria mais leve para você? O homem apaixonado asfixia a mulher com exigências que nem ele entende: quer que ela seja sua amada, mas também mãe, irmã, amiga, namorada, noiva, esposa e, se ela não se cuidar, até enfermeira.

– Mas eu quero ser tudo o que você quiser, disse Salomé.

E Barrabás:

– O amor absoluto é sempre uma violação. No meu caso, a transgressão é também estética. Sempre gostei de louras e de repente só tenho olhos para as morenas. Na verdade, para ser sincero, para te dizer tudo, faz algum tempo que todos os meus sentidos, não apenas os olhos, estão voltados inteiramente para você. Este, aliás, é meu maior medo.

– Mas de que você tem medo?

– Do tempo, da idade, das diferenças, do desejo, dos prejuízos que inevitavelmente te trarei. Tua mãe já disse.

– Minha mãe disse o quê? O que importa o que disse minha mãe?
– Tua mãe te falou sobre as idades.
– Ah, sim, minha mãe disse: 'você vai me trazer um marido ou um avô?'
– Ela falou assim: 'me trazer?', não foi?, perguntou Barrabás.
– É, assim, mas ela se referia a mim, claro, minha mãe não dá bola para o inconsciente, minha mãe é muito diferente de nós dois, minha mãe é prática, segura, pragmática, mas tem uma coisa: ela gosta muito de você!
– Eu também gosto muito dela, aprecio mulheres guerreiras, que sabem lutar, que travam combates todos os dias, sempre com a mesma disposição. E, no fim de semana, cozinham, lavam a casa e as roupas. E, depois de um simples banho, eis que se deitam prontas para o amor, a sensualidade exalando em cada poro, o trabalho deixa todas muito mais lindas, é bonita a mulher que trabalha, é também por isso que o desemprego é feio, traz depressão, traz o desânimo de viver, traz todas essas essências que não estão nas estatísticas.
– É, Bar, mas você gosta mesmo é de menininhas, confesse! Gosta do meu frescor, dos meus vinte e poucos aninhos, dos meus cabelos cheirosos, de minha pele de seda, do meu pêlo de cetim.
Salomé parou um pouquinho, abraçou-se bem juntinho dele e, suspirando, disse bem baixinho:
– Nada disso eu penso de mim, estou apenas repetindo o que você me disse tantas vezes.
Barrabás deu-lhe um beijo demorado, o vento do aeroporto Santos=Dumont trazia o cheiro da brisa do mar

para aquela alma sem mar, trazia o amor daquela menina para um homem sem amor.

— Eu vou abandonar a universidade, Salomé! Não é mais possível ensinar. Outro dia, muito entusiasmado, falei a meus alunos: a androginia e o incesto são os grandes temas de Werther. Sabe o que uma aluna me perguntou? 'Fale das chacinas, da violência urbana e use para isso o suicídio do personagem, professor. Só use o tema 'suicidal' como pretexto, muitos se matam, mas poucos matam a muitos, ninguém quer saber por que tanta gente se suicidou depois de ler Werther'. E essa era a mais inteligente da classe!

— E o que você queria ensinar na tal aula?

— Ah, sei lá, mostrar outros exemplos, outros temas, a androginia, o incesto. Sabe aquele rei que ao morrer enterrou-se num mausoléu, o rei Mausolo, que afinal deu nome a esse tipo de túmulo tão grande? Ele rendia homenagens a Hermes e Afrodite e ainda comia a irmã, Artemísia. Queria que descobrissem as profundas razões de alguém apaixonar-se pela mulher do amigo, pois acho que no fundo o sujeito quer é o amigo.

— Pois é, pois é! Eu ia gostar de ser tua aluna. Se você desse uma aula assim, eu diria: oh professor, me fale também de Calígula, que se vestia de mulher e comia a irmã.

— Nossa natureza original, *die eigentliche Originalnatur*, como disse Goethe, consiste nisso: já nascemos com tudo o que mais tarde descobriremos, mas levaremos a vida inteira para tirar de dentro de nós o que já sabemos, sejam saberes, sejam sabores. Aqui, abraçado a você, enquanto meu coração dispara, como você pode sentir no teu seio direito, minha cabeça cavouca no meu coração e quer trazer de lá tudo o que minha mente descobrir.

Salomé soltou-se dele, recuou um pouquinho, agora o vento jogava seus cabelos para a frente. E foi assim, quase de rosto coberto, que disse:

— Bar, se eu chegar em casa e disser o que se passa comigo quando te abraço, meus pais me internam no hospício mais próximo. Sabe o que é você para mim quando roça meus pêlos e peles? Você é o meu prazer, é claro, mas depois que eu gozo, depois que você goza, depois que nós dois gozamos, eu fico pensando que você foi para mim, naqueles breves momentos, o *lapis philosophorum* dos alquimistas.

Que você, assim sempre molhadinho antes de entrar em mim, me traz junto com o toque uma grande sabedoria!

Será que se eu disser que você oculta minha alma, alguém vai entender?

Barrabás começou a rir:

— Eu oculto tua alma, ai, meu Deus! As evidências não mostram o contrário? Quando um corpo se mete dentro de outro, quem oculta o corpo e seu dono, a alma dele, é o outro corpo, é a alma do outro corpo.

— Bem se vê que você, lésbico, como sempre diz que é, jamais prestou atenção às almas dos homens. Só parecem te interessar as almas das mulheres. Você não gosta dessas alquimias do amor? Foi nisso que pensei quando te falei que você era meu lápis filosofal, porque a experiência dos teus anos, que meus anos ainda não trouxeram, acrescenta um conhecimento que eu jamais teria se não te encontrasse na vida. Bar, você não acredita, mas minha vida mudou completamente depois que te conheci. Eu já não me pareço comigo mesma, isto é, eu sou outra, pareço outra, me sinto outra.

– Vamos, disse Bar –, daqui a pouco me reconhecem neste aeroporto, e a última coisa que eu vou querer na vida, que eu jamais vou permitir, é te prejudicar. Que ninguém possa dizer a verdade: que você tem um amor complicado, que você ama um homem casado, que ele te ama e que tudo anuncia uma flor que nasceu no asfalto. E além do mais eu tive sempre todos os cuidados para jamais magoar ninguém. Não que eu seja generoso, todos merecem que eu não os magoe.

Já no carro, enquanto se dirigiam ao hotel, ele continuou:
– Tive uma namorada aos quarenta anos. Ela tinha vinte. Um dia me mandou um buquê de flores vermelhas. Nesta época eu morava sozinho. A empregada colocou as flores num jarro. Mas eu estava viajando e demorei a voltar. Quando cheguei, a empregada tinha faltado uma semana porque a filha ficara doente, vi aquelas flores murchas sobre a mesa. Era uma noite fria. Acendi a lareira, abri um vinho, peguei um charuto e o isqueiro, comecei a ouvir um cedê de Haendel. Entre os acordes e cantos de *Aleluia, Aleluia, Gloria* etc. olhei enternecido para aquelas flores quase secas. Tomei o maço e joguei no fogo. Um aroma delicioso espalhou-se pela sala. Algumas de minhas almas viajaram naquela nuvem cheirosa. Lembrei os versos de Eugênio de Castro que um dia pus como epígrafe num conto de Natal. Quer ouvi-los?

Salomé surpreendia o amado mais uma vez:
– *Como a mirra que só lança perfume/ Quando a deitam no fogo, a nossa alma/ Só tem aroma quando a angústia a queima.*
– Não sabia que você sabia estes versos!
– De tanto você repetir certos fragmentos e por ler outros, vou guardando tudo no meu coração, meu amor!
– Naquela noite queimei o meu amor, o meu desejo, o meu tesão, tudo o que era meu, eu queimei ali. Para salvar a minha ex-amada.
– Mas já era ex-amada?
– Sim, depois de uma decisão dessas, sim. Já era antes de eu dirigir o olhar para as flores secas no jarro. O fato de as flores terem secado, de não terem me esperado voltar, de terem perdido o viço, de a filha da empregada ter ficado doente, de ela ter faltado ao trabalho, não para fazer nada, mas para aguar as flores, tudo isso me levou ao gesto simbólico. A natureza é assim, sem precedentes em seus caminhos. Pensamos que se repete porque vemos todos os dias as mesmas coisas. Na verdade, apenas o nosso olhar é que se repete, tudo é sempre novo e diferente. Enquanto a fumaça ia embora, olhei para uma reprodução de Michelangelo sobre a Criação do Homem e me deixei invadir pelo cheiro das flores queimadas e pela música de Haendel, estava tocando o *Messias*. Você sabe que nem todos os católicos se dão conta de que o que Michelangelo fez na pintura, Haendel fez na música. Um interpretou a Bíblia com os olhos. O outro, com os ouvidos.
– Acabei de menstruar, disse Salomé. – Neste momento. Enquanto você falava que tudo é sempre novo, o sangue desceu. Não é sangue novo, viu? Se a natureza está se livrando

dele, é porque é sangue velho, que já cumpriu sua função dentro do corpo e precisa ir embora, eu estou me livrando de um sangue velho e no mês seguinte virá um sangue novo.

– Você precisa se livrar de mim, disse Barrabás –, me expulsar de você depois que eu tiver cumprido minha missão.

– Mas este sangue não sou eu quem expulsa, ele sai sozinho, não é como o das guerras, viu?

– Vi. O sangue sai sozinho de você. Mas eu não sei te deixar. Você precisa me expulsar de tua vida!

Já chegando perto do hotel, Salomé apontou para um cartaz que falava num pecado capital. – Quais são os sete pecados capitais, oh ex-seminarista versado em tantas teologias e vapores?

– Vapores, Salomé?

– Pensei que você se surpreenderia com as teologias, não com os vapores.

E deu uma risada, os dentes brancos, limpos, claros, resplandeciam naquela boca que tantos gozos lhe dava.

– Os sete pecados, vamos, me diga, eu sempre me lembro apenas de três.

– Quais?

– A inveja, que todas as minhas amigas têm de mim, menos a Suzana. A gula, porque você me disse que quem não controla nem a boca, não controla mais nada. E a ira, porque você disse que o que mais admira em mim é a delicadeza e eu quero preservar pela vida afora a calma que você viu em mim e que eu nem sabia se tinha. Mas está me enrolando. Os outros quatro, vamos!

– A luxúria, Salomé de lingerie, a luxúria. Este é o pecado capital que mais me encanta. O que mais detesto é a avareza.

— Ainda faltam dois.

— Calma, eu sei todos. Os nomes é que soam esquisitos em minha memória. Por exemplo: São Jerônimo traduziu como preguiça palavras do hebraico e do grego que não tinham bem este significado, já que o antônimo de preguiça em hebraico é poder. Pelo antônimo ficamos sabendo que não era bem a preguiça que sábios gregos e hebreus vituperavam. Era a falta de iniciativa, a inércia. Sem preguiça não teria havido filosofia, nem ciência, nem arte no mundo. Eles precisavam ficar sem fazer nada para poderem indagar das estrelas e astros no firmamento o caminho, a regularidade, a influência sobre a terra.

— Sei, sei, enquanto isso os escravos trabalhavam para aqueles sábios.

— Exatamente.

— Mas falta o último pecado.

— O último?

— É. Não o último que cometeremos, mas o último dos pecados capitais.

— Vamos lá, disse Barrabás, contando cada um dos pecados nos dedos. — Temos a avareza, a gula, a inveja, a ira, a luxúria, o orgulho e a preguiça. Mas em vez de preguiça, temos que pensar em outro nome. Preguiça é um erro de tradução. A preguiça é uma virtude. É errado o conceito de que quem não trabalha não está fazendo nada. A mim, por exemplo, os jornalistas perguntam nas entrevistas: 'e o que o senhor faz, diga a nossos leitores como é um dia em sua vida'. E eu começo: levanto às 6h, leio os jornais, tomo café, escrevo das 7h às 13h, vou almoçar, retomo às 15h, vou jantar com Quarto Crescente, volto a escrever outra vez. Tenho prazos a cumprir, escrevo várias colunas por semana para a imprensa e um livro por ano. E sabe qual é a segunda pergunta: 'e o senhor não trabalha?' E eu lhes digo: 'trabalho, sim, à noite vou dar aulas'. E eles exclamam 'ah, bom!' Viu? Para eles, escrever não é trabalhar. Nem para eles que são jornalistas.

– E agora que você não ensina mais, o que haverão de dizer e pensar?

– Ah, eu darei todas as respostas e direi por fim: estou muito contente, depois de muito trabalhar me tornei um vagabundo, não trabalho mais, agora apenas escrevo.

– Não menstruei, disse Salomé. – Queria ver o teu jeito. Estou toda molhadinha, só isso, mas não é de sangue.

Já no hotel, as malas descarregadas, Salomé observando Barrabás no banho:

– Como se vende a alma ao Diabo?

– Não compro nada, disse Barrabás. – Mas vendo miudezas. Pequenas coisas que carrego em minhas almas, coisas tão pequenas que milhares delas podem dançar na ponta de uma agulha.

– Que coisas são essas?

– Pequenos pensamentos, idéias diminutas, sentimentos anões. Falo disso nas conferências. Quando autoridades dividem mesa com algum intelectual decente – cada vez mais rara esta espécie, viu, Salomé? – e parecem concordar com ele em sua pequenez e surpreendente modéstia, ele, com jeitinho, dá-lhes, talvez sem querer, a paulada fatal: mostra ao distinto público que é bem diferente deles, que seus sentimentos são elevados, que seus juízos são belos e os faz se sentirem como ratos diante do público, dos ouvintes que o aplaudem, que revelam no olhar, no jeito de moverem o corpo para aprová-lo, que estão a seu lado, que pensam como ele, mas não têm o dom de expressar o que ele lhes diz em palavras, que suportam aquelas autoridades, assim como suportam a toalha, a mesa e as flores, que às vezes são de plástico. Então, mesmo sendo faltos de inteligência e sensibilidade, aqueles hierarcas saem dali cônscios de que são inferiores, não apenas ao intelectual por quem manifestam um ódio escondido e no máximo já acham que fazem muito por tolerá-lo, mas a todos os intelectuais de outras mesas de que tenham participado, e caem na pior tentação, a da inveja. A respeito dele, em conciliábulos sinistros, proferem nas trevas de suas palavras desjeitosas sentenças de morte: 'temos que nos livrar desse cara'. Não sabem que ele quer a mesma coisa, livrar-se deles, mas não por inveja de seus trambiques, apenas para evitar que a melancolia se alastre ainda mais.

– Meu Deus, Bar, você, sempre caloroso, sabe ser glacial, hein!

– Eu sou uma geleira da Antártica, quando necessário. Mais do que isso: sei ter no olhar o aço frio dos punhais.

– Não deixe que tais sentimentos te dominem, disse a sempre doce Salomé, que o atraía por sua argúcia, qualidade que ele viu mais tarde, o que viu primeiro nela foi um olhar que entrava no seu, um cheirinho bom, as pernas durinhas dentro da calça comprida, os seios envoltos pela blusa de lã, os cabelos negros esparramados sobre os ombros, o comovente interesse que demonstrou por ele logo no primeiro encontro.

– Ninguém me domina, disse Barrabás – somente alguns escritores que fazem de mim o que querem, me acordam no meio da noite e me levam a ler o que disseram, ainda que seja apenas alguns poucos parágrafos.

– Será que alguém vai entender os motivos de você gostar tanto do Goethe?

– Ah, isso não interessa, disse Barrabás, pegando a toalha. – Os motivos dos gostos, quaisquer que sejam – livro, música, filme, prato, mulher amada – os motivos são sempre ocultos, misteriosos, e, quando revelados, são quase sempre inconfessáveis ou, se confessados, incompreensíveis.

E, deixando o banho, foram para a cama.

# 6

## QUANTO VALE UMA ALMA?
## PREÇOS E PRAZOS

Incômodas verdades que Barrabás carrega na vida vieram de sua avó, Charlotte José, que, para não ser comprada nem vendida, viu-se deserdada por Margarido, seu pai. A venda da alma, tema solar do livro de Goethe, é também o tema solar das lembranças que brotam na alma de Barrabás. E diz do próprio livro que está escrevendo, inspirando-se em Goethe: 'É a história de quem vende a alma ao Diabo. Mulher não vende a alma para ninguém, o Diabo sabe disso. O Diabo e Goethe. Se precisar, em situação desesperadora, vender a alma para alguém, a mulher não a entrega. E, se porventura a entregar, depois toma-a de volta. Por isso o Diabo não faz negócio com mulher nenhuma. Ele prefere os homens'. Ficamos sabendo também que Charlotte apaixonou-se por Augusto, que, em sociedade com o irmão, tinha feito negócios com o Demo.

Margarido era um homem sério, duro, cheio de obrigações, mas talvez inflexível demais. E não acreditava no amor. Achava coisa de... mulheres. Mulheres deveriam amar. O marido e os filhos, principalmente. E, se desse tempo, também os irmãos.

Homens, não. Homens tinham outra missão. Deviam povoar a terra, cuidar do gado, fazer e reparar cercas, impor aos machos do reino animal a violenta castração, com o fim de mostrar quem é que mandava. Depois, engordar machos e fêmeas, vendê-los e com o dinheiro comprar muitas fêmeas e um macho para repovoar os campos. Um macho para muitas fêmeas.

O reino animal repetia o humano. As concubinas descansavam teúdas e manteúdas nas casas que ele lhes arranjava nos arredores da vila. Seu único ofício era recebê-lo, uma de cada vez. Nada de perversidades. Controle de natalidade? Nem pensar! Não havia lei para os bastardos, mas ele não deixava faltar nada na casa de seus amores ilegítimos: sal, açúcar, café, aquelas moças tinham de tudo. E de vez em quando recebiam ordens de comprar do mascate roupas, cosméticos. Quanto? O mascate é quem determinava a quantia, depois de ouvir as instruções do velho.

Mas foi que um dia a sua única filha veio dizer que ia se casar com Augusto. Pai e filha andavam a cavalo pelos vastos pastos, aquele oceano de grama verde, quase azulada, semelhando as águas do mar.

De ordinário ele era muito lacônico, mas com a filha se derramava um pouco mais em conversas, o que provocava pontas de ciúme na mãe dela. Mas era apenas um excesso de zelo, certa insegurança comum que as mulheres têm quando percebem algum interesse, ainda que vago, de seus maridos por outras mulheres, mesmo que sejam cuidados amorosos de pai para filha. Enfim, mulheres são sempre muito carentes. Ou deixam que todos percebam as privações que sofrem, muito semelhantes à dos homens, que entretanto gostam de escondê-las.

A conversa seguia tranqüila, mas de repente Margarido suspendeu as rédeas do animal, o que fez que a filha, que percebera o brusco movimento somente alguns segundos depois, forçasse o seu cavalo a voltar alguns passos. O motivo do gesto abrupto tinha sido o seguinte diálogo:

– Você não está namorando o Augusto para casar, não é? É apenas para ter uma companhia, por enquanto, até que se possa ajeitar um marido que mereça a minha filha, né?

– Vou casar com o Augusto, disse a filha.

Agora pai e filha se olhavam lado a lado, os cavalos virados, de modo a que ela contemplasse a casa onde moravam e outras benfeitorias que tinham ficado distante, e seu pai fixasse os olhos para além da filha, naquele horizonte sem fim de seu latifúndio, povoado de rebanhos, que semelhavam manchas espalhadas ao longe. Adiante alguns peões cavalgavam, entretidos com as lides do dia, comuns àquela vida na estância.

– Se é verdade o que você diz, pode tomar tudo o que é seu e pode ir embora. E eu não serei mais seu pai.

Ele era objetivo, curto, certeiro, impiedoso. Essas características sem dúvida tinham sido decisivas na formação de seu imenso patrimônio. Mas Barrabás não herdara nada daquilo, o que mais o encantara na avó era justamente o grande desapego das coisas do mundo, na expressão da avó.

Sua avó acreditava no amor. E achava que para viver seus amores, pelo pai, pela mãe, pelos irmãos ou pelo namorado, não eram necessárias tantas posses. Por ser assim, num dia assim, de sol assim – ela gostava de ler Olavo Bilac e por isso ouvia também estrelas – arregalou seus grandes olhos verdes, afastou os cabelos do rosto para que seu pai pudesse contemplá-la sem ocultamento nenhum e perguntou apenas:

– Este cavalo é meu, meu pai?

O pai não estranhou que ela continuasse a chamá-lo do que ele disse que ela não era mais.

– Sim, o cavalo é seu.

– Arreado?

– Arreado.

Era um arriame bonito, as argolas do buçal e das rédeas, o cabo do relho, os estribos, o peitoral e mais alguns adereços eram todos de prata. Ajaezado daquele modo, o cavalo valia mais do que vastas extensões de terra.

A menina, a avó de Barrabás, a esse tempo não passava de uma menina, continuou, agora em pergunta de evidente duplicação:

– O que mais é meu? As minhas roupas são minhas?

– Sim, minha filha, as suas roupas são suas.

De repente, alguma doçura no tratamento do ex-pai, que, por ato falho, continuava a chamá-la de filha, mesmo depois da ordem de deserção.

– Está bem, meu pai, até mais ver, então! Só peço que seja o senhor a explicar tudo à minha mãe. Porque eu vou entrar muda e sair falada daquela casa. À benção, meu pai.

E ela apontou ao longe a sede da estância, ao despedir-se do pai.

Margarido sentiu um aperto no coração. Aquela era sua única filha. Tentou um último recurso:

– O Augusto é um homem honrado, bom e instruído, não pense que eu tenha alguma coisa contra ele, é que não tenho nada a favor, este casamento vai ser a sua desgraça, casar com homem pobre é burrice, todo homem pobre, ainda mais ele, é um sonhador que jamais vai se arrumar na vida. A vida é sempre a mesma para quem tem posses. E a mesma para quem não tem nada. O que pode acontecer é que quem tem pode perder o que tem. Mas jamais acontece de alguém que não tem vir a ter. Só se for bem pouquinho.

Estas últimas palavras, a filha já as ouviu trazidas pelo vento, pois seguia rumo à casa para apanhar os poucos pertences. O que não tem remédio, remediado está, dizia sempre sua mãe, omissa, submissa, obediente, dizendo sempre sim, cheia de medo de desagradar o marido.

A moça chegou à casa dos pais de Augusto, seu namorado, de surpresa, era uma sexta-feira. Segundo ela, seu dia de sorte. O dia de sorte na semana é aquele em que se nasce, dissera-lhe uma cartomante. A boca da noite comia o que restava do dia, sobravam apenas résteas de sol e uma luminosidade difusa que ia se apagando devagarinho, alongando sobre a terra as sombras de árvores, casas e animais.

Foi muito bem recebida. Todos ali gostavam muito dela. Sua futura sogra matou uma galinha gorda. O jantar foi um pouco mais tarde. Fez um risoto. O pai de Augusto tinha uma garrafa de vinho. Uma apenas, que abriu com muito gosto.

– Meu pai acaba de me deserdar, disse a moça, já na sobremesa.

O futuro sogro espantou-se:

– Como pode um pai fazer isso com uma filha?

– O que é que você fez para receber tamanho castigo?, perguntou sua mulher.

– Disse a meu pai que vou me casar com Augusto. Ele não aprova de jeito nenhum a minha escolha. Mas o Augusto é o homem da minha vida.

– Você, gaguejou Augusto –, você, eu não sei dizer assim no meio de todos o que você é para mim, mas você é....

E o rapaz olhou para a noite em busca de resposta:

– Você é a luz do meu caminho e vai me alumiar a vida inteira.

Parou um pouco, arrumou-se no banco de madeira, estava sentado ao lado da namorada:

– Sem você a minha vida não teria graça nenhuma.

– Nem a minha sem você, disse a moça.

– Charlotte José, era a primeira vez que ele dizia em voz alta o nome da namorada naquela noite –, você não vai se arrepender? Pense bem, hein! Você é filha de pai rico, vive no bem-bom. E comigo vai ser bem diferente, vão ser diferentes a sua e a minha vida.

– O amor é simples, disse Charlotte José. – Vamos embora amanhã.

– Para onde?

– Para Vacaria. Já esperava isso de meu pai e falei para uma tia minha, viúva, que mora para aqueles lados.

Ela disse que fome não vamos passar. Ofereceu um pedaço de terra para plantarmos o que for preciso, uma vaca de leite, essas coisas com que se começa uma vida sozinho. E a escola ali da redondeza está sem professor. Ela arrumou isso também. Você ensina a gurizada uma parte do dia, eu cuido da casa, sobra tempo para cuidar da roça e da criação.

Partiram no dia seguinte. A vida seguiu seu curso para aquele casal de pobres. Mas já na primeira safra houve pequena discordância entre eles e a tia. Ela não entendeu uma compra deles. Ele foi à cidade e voltou com um rádio.

– Por que não mais uma vaca?, perguntou a tia, objetiva como o irmão.

– Já tenho quatro vacas e nenhum rádio, disse Augusto.

Ela sorriu:

– Quem manda é o chefe. E eu vou gostar de ouvir rádio de novo.

Vieram os filhos. Sete. Duas mulheres e cinco homens.

Um dia Augusto confessou à mulher um terrível segredo. Jamais contara a ninguém. Quando moço, fizera um trato com um irmão. Quem morresse primeiro, venderia a alma do outro ao Diabo. O pagamento: o amor de uma mulher. Uma mulher que amasse o sobrevivente acima de tudo. Mas um dia, ido e vivido esse amor, o que morrera para fazer o negócio, viria buscar o outro.

– Ele sempre vem, Charlotte José, disse um dia Augusto à mulher, com tristeza e doçura –, mas eu sempre digo que os filhos ainda são pequenos, precisam ser criados antes de eu partir, mas hoje ele disse: 'o teu prazo acabou, os filhos já podem ser criados pela Zezé, os mais velhos ajudam a mãe a criar os mais novos, foi sempre assim desde que o mundo é mundo'. E amanhã eu vou embora, vou morrer, vou seguir o meu irmão, conforme o antigo pacto. O Diabo está me esperando. E meu irmão me disse uma coisa estranha: que o Inferno é um lugar alegre, divertido, sem aquele tédio do Paraíso. Desculpe, é ele quem diz, mas o Inferno é cheio de encantos. E o Diabo, um grande amigo. Leal. Coerente. Não muda de opinião. Enfrenta uma força onipotente, que sabe que vai derrotá-lo, mas não faz acordo, não faz concessão nenhuma. A ninguém. Nem mesmo ao Todo-poderoso.

Charlotte José a esse tempo já era parteira. Sabia os ritos de nascer e morrer. Mas ficou perplexa com a declaração. Depois de muitas conversas, perguntou enfim:

– É coisa do Outro mundo, então?

– É, disse Augusto –, é coisa do Outro mundo. Não se pode fazer nada, a não ser cumprir.

Eram passados quinze anos da conversa com o pai sobre o lombo do cavalo.

Nos dias que se seguiram, Augusto recebeu amigos, parentes, conhecidos. E no quinto dia, uma sexta-feira, partiu.

O enterro foi feito pelo padre do lugar, que ia fazendo um bonito sermão, mas a chuva aumentou e ele encurtou as palavras, concluindo que o Senhor recebesse Augusto em glória. E todos começaram a jogar terra sobre o caixão.

Por que, sendo gaúcha de Canela, Charlotte José viera morar em Vacaria, aos poucos se soube. Mas por que, depois da morte do marido, tinha vindo para serra abaixo, para morar em Santa Catarina?

– Para fugir da piedade do meu pai, ela dizia.

E aconselhava:
— Nunca permita que tenham piedade de você. Se necessário, que te odeiem.

— Quando o Augusto morreu, meu pai começou a me azucrinar. Toda semana vinha um emissário dele, que me trazia salame, queijo, coalho, açúcar, café, sal e outros mantimentos. Foi por isso que mudei. Leio muito a Bíblia, viu, meu filho?

Ela chamava o neto Barrabás de filho.

— Não adianta insistir num lugar quando ele não é da gente, quando ele fica contra a gente. Abrahão, o primeiro imigrante, também precisou deixar a cidade de Ur, na Caldéia, e procurar um novo lugar para viver. Meus pais também. Meus avós também. Eles vieram de terras portuguesas, como todos sabem.

E quando lhe perguntavam se tinha sido sempre sozinha no mundo, respondia que só quando estava na casa de seu pai. Depois, não. Nunca estivera só. Tinha o Augusto, tinha os filhos, tinha os amigos, tinha os conhecidos, tinha os gatos, nunca mais ficara sozinha. E o que mais sentia depois que lhe sobreviera a viuvez era a falta da companhia do marido, mais da companhia do que do amor dele. E acrescentava que mesmo não estando sozinha, muita gente lhe fazia falta.

E que a maior tristeza era um dos filhos ter se suicidado. E recordava a história que muitos sabiam. Endividou-se em banco, queria abraçar o mundo com as pernas, encheu as várzeas todas de fumo. Aquele ano tinha sido o melhor de todos. As estufas estavam abarrotadas, tudo pronto para os caminhões da Souza Cruz virem buscar. Ia dar um dinheirão. Ele pagaria o banco e sobraria ainda muito dinheiro. Enquanto ele dormia, o rio encheu, porque tinha chovido muito nas cabeceiras e durante a noite alagou tudo. Quando ele levantou, no alvorecer, viu as estufas cheias d'água, pegou um pedaço de corda e dependurou-se numa travessa de madeira de um dos paióis.

Aquele não era seu filho, saíra ao pai! Mas o que ela menos aprovara foi ele ter dado ao filho nome tão esquisito. Fausto era nome que não parecia condizer com aquele menino. Mas que, de todo modo, originalidade havia, porque Fausto era um nome raro naquelas paragens. Ela não conhecia outros homens com este nome, apenas um personagem de uma lenda famosa, consagrado num livro de Goethe, escritor que seu pai, quando citava, dizia:

– É a história de um homem que vende a alma ao Diabo. Mulher não vende a alma para ninguém, o Diabo sabe disso. O Diabo e Goethe. E se precisar, em situação desesperadora, vender a alma para alguém, a mulher não a entrega e se, porventura a entregar, depois toma-a de volta. Por isso o Diabo não faz negócio com mulher nenhuma. Ele prefere os homens.

Será que já caducava quando disse que também o filho homenageado com o nome de Fausto fizera um pacto com o Demônio e vendera a alma para ficar rico? A viúva ganhou mais dinheiro com o seguro do que o marido ganharia com a venda da produção.

O Demônio então agia pelo inconsciente das pessoas e a compra e a venda podiam ser feitas em estados de quase catalepsia.

7

## AMOR PROIBIDO, PREFERÊNCIA DIABÓLICA

*Barrabás, para melhor entender a si mesmo, repõe seu passado inconfessável para exame: o amor de Lili, uma antiga namorada, a bomba que explodiu nas mãos de Saulo, seu companheiro de clandestinidade, as dores de dona Aurora, apaixonada por quem não devia. E volta o tema de Werther, livro que evitou o suicídio de Goethe, apaixonado pela mulher de seu melhor amigo. E conclui: 'todos os meus colegas encontraram o mar e o amor. Eu, apenas o mar. Por ora. Mas sigo procurando. Tomara que dê tempo. Para Saulo, não deu. Todos desistiram da Revolução ou então escondem bem os seus sonhos'.*

Quarto Crescente para Barrabás:
— Bar, quando Goethe queria mudar, fazia como a serpente: abandonava a própria pele e começava tudo de novo. No século XVIII, isso ainda era possível.

— Era também possível escolher uma moça bonita, pobre, honesta e levá-la para viver na própria casa. Se hoje alguém fizer isso, quem suportará?

— Mas ele casou-se com Christine Vulpius, a quem amara por mais de uma década.

— Escuta aqui, disse Barrabás –, por que você nunca diz o meu nome inteiro?

— E você, que só me chama por apelido de lua?

— É melhor, você continua crescendo, Quarto Crescente, e um dia chegará a Lua Cheia. Você sabia que Goethe amou a Vulpius em segredo, como eu, que estou amando esta menina há apenas alguns meses e tenho todas as vontades com ela, incluindo a de ser pai outra vez?

— Não tenha ilusões! Provavelmente, ela não vai querer mais do que apenas te amar! Luz! Ar! Você precisa mais de luz, de ar ou de amor?

— A melhor estação é aquela aonde cheguei: eu preciso somente de Salomé! Apenas ela me faz falta! E se ela vem, o ar e a luz que traz consigo me são mais do que suficientes. Aliás, devo dizer de outro modo: ela é o ar e a luz da minha vida!

E Quarto Crescente, debochado, mas doce:

— Nunca te vi assim e te conheço há muito tempo! Não sei bem o que está acontecendo contigo, mas tudo mudou! O que você descobriu mais do Goethe?

— No tempo do jovem Goethe, disse Barrabás, era assim: ele morava numa cidade de seis mil habitantes, havia diversas guerras. No meu, quando eu tinha a idade dele, havia apenas guerrinhas, chamadas guerrilhas pela proximidade do Brasil com os vizinhos, todos se expressando numa língua que não era a nossa.

– Vou te contar uma história, continuou Barrabás.
– Um dia chegou um sujeito, conhecido apenas por chefe, que nos deu a seguinte ordem: 'a tarefa de vocês dois é explodir o avião. O ministro desembarcará por volta das 10h. Do aeroporto, irá direto para a praça, onde o povo estará à sua espera. Se necessário, eliminem o encarregado de vigiar os aviões. O artefato, vocês sabem onde pegar. Quando o ministro subir no palanque, o Fausto soltará um rojão, o mesmo que ele dispara quando o Internacional faz gol. É o sinal. Vocês, então, detonam a bomba'.
– As instruções eram aquelas. Era a véspera de nosso primeiro atentado. Eu fazia dupla com um sujeito chamado Saulo, um holandês com o rosto coberto de sardas, esquivo, silencioso, que parecia não gostar de ninguém. E vivia me advertindo: 'você e essa mulher, você vai ver, não sei não, sinto cheiro de pólvora, ela não mora ali perto do Corpo de Bombeiros? Já viu revolucionário com namorada dengosa, que fica ronronando quando telefona? Ai, amor!'
– E fazia uns trejeitos esquisitos, sem deixar dúvida nenhuma de que não confiava em minha amada. Um dia, Lili me disse, chateada: 'o seu amigo, ele nem olha pra mim!' 'Ah, é o jeito dele. Acha que não deve dar muita atenção a você. Afinal você é minha namorada'.
– Muita atenção é uma coisa. Nenhuma é outra, disse Lili, toda magoadinha.
– As mulheres e suas célebres intuições. E acrescentou:
– Sei que ele é muito seu amigo, vocês estão sempre juntos, mas ele não olha para o Fausto de um jeito esquisito?

— Fausto dividia o sótão comigo. Entrávamos um pouco abaixados até chegar ao centro, a casa tinha uma cumeeira alta, chegávamos lá em cima por uma escada de madeira na lateral. A dona da pensão não sabia de nada. Para ela, éramos professores da Escola Normal. Eu, de inglês. Fausto, de matemática. Saulo morava com uma tia velha. Quarto Crescente só escutando.

— Fazíamos as refeições no porão, a casa fora construída encostada a um barranco. E na frente havia a vendinha. A comida era simples e saborosa. Havia carne todos os dias. O churrasqueiro era um gaúcho que aparecera por ali muito silencioso, falavam que tinha certos passados, eufemismo para ex-presidiário. Tirava a carne da geladeira, jogava os nacos no chão frio de cimento e punha os pés sobre os pedaços. 'Para refrescar', dizia com a maior naturalidade. 'O sabor que você sente na carne vem do chulé do gaúcho', dizia Fausto.

— A dona da pensão, dona Aurora, não sei como, sempre achava tempo para fazer doces que eram o puro deleite! Dela, até o arroz doce e o sagu lembravam os maiores prazeres da boca. E muitos dias dona Aurora cozinhava feijão outra vez, durante a tarde, e depois misturava tudo com macarrão cozido. No almoço, além da carne, ovos de gemas vermelhinhas. A carne, eu sempre dispensava. No jantar, um prato sempre fixo, minestra. Mistura de feijão e arroz que haviam sobrado do almoço. Sobrado, não. Tinham sido feitos em tal quantidade que permitisse serem aproveitados também no jantar. Descritos assim parecem comida de segunda categoria, mas não: eram de última. E eram saborosas. O tempero de dona Aurora e a nossa fome produziam aquele gosto bom.

– As alegrias da simplicidade. Não devíamos nada a ninguém. O banho frio do chuveiro, no verão ou no inverno, tinha efeitos benéficos sobre nossos corpos. No verão, por refrescar. No inverno, por agitar o sangue e fazer que corresse nas veias com mais ímpeto, aumentando a energia dos vinte anos.

– Dona Aurora trazia uma sobrinha para ajudá-la a lavar e a passar roupa. O nome dela era Lili. Morena, cabelos compridos, coxas grossas, seios grandes e bonitos, que balançavam, assim como sua bunda, enquanto a pobre menina sofria para tirar o barro de nossas roupas.

– Onde vocês se sujam tanto? – perguntou ela um dia, pois era muito tímida. Segundo Saulo, era, ao contrário, muito atrevida. Era a única lavadeira do mundo que reclamava de roupa suja.

– Pois não é lavadeira? Qual é o seu trabalho? Não é lavar a roupa? – perguntava Saulo.

– Nas viagens, Saulo gostava do jogo de luzes quando os carros se encontravam naquelas estradas desertas de algum lugar do Brasil meridional cujo nome não posso esquecer, mas também não posso ainda revelar.

– É só luz baixa, Saulo, eu não entendo o que você quer dizer com a poesia dos raios noturnos. Que poesia tem a nossa vida, rapaz? Não vê a dureza? Ele dizia:

– Vivemos assim, sem que saibamos o nome um do outro, porque os pobres precisam vencer. E vão vencer.

– Aquele era o terceiro ano de nossa luta. Cinco vezes respondendo aos caras de um famigerado Inquérito Policial Militar, a coisa estava ficando perigosa.

– De repente, o amor. Assim explicado por Fausto: 'você, que nunca viu o mar, mas sabe que ele existe, vai andando, andando, andando. Foi assim comigo a primeira vez que vi o mar. Um dia você vai ver o que ainda não viu. O mar! Como é grande o mar! O amor também é assim. Você só entende o amor quando vê uma coisa assim grande, como o mar, um deserto, uma grande floresta, um rio na enchente, uma represa. São coisas assim que lembram a força do amor. Daí você vê a grandeza dele, que você nunca pôde imaginar'.

– E sempre Fausto, profundo, filosófico, como o personagem do outro:

– Você já viu o mar?

– Não, nunca.

– Mas adora aquela sirigaita, não?

– Sirigaita, olha só, você fala como a minha avó, eu disse.

– Sabe, Saulo, realmente a namorada do nosso amigo é uma gostosa e tanto! Já vi ela de calcinha, sabia?

– Só se você estivesse de calcinha, eu disse, porque minha namorada sabe o que é privacidade.

– Mas claro que sabe, disse Fausto. – Só que ela estava na privacidade da casa dela e quem espiou fui eu. Que pernas! Que bunda! Que seios! A moça lembra a Vanderléia. *'Esta é uma prova de fogo, você vai dizer se gosta de mim'*, cantarolou Fausto.

– Será que era para me irritar ou estava mandando recados que eu ainda não entendia? Demorou, mas aprendi: a mentira não tinha pernas curtas; a mentira tinha coxas grossas.

– Quem ficou de cara amarrada foi Saulo. – Não ficam bem em sua boca estas palavras chulas, Faustinho, eu fui dizendo na maciota.

– O que é chulo? Calcinha, bunda, seio ou Vanderléia? Só falei de beleza! Muita beleza!

– Um dia levamos Lili conosco para uma das reuniões secretas. O líder perguntou se a moça era de confiança. Mas acho que aprovou a presença dela porque a menina fizera sua minissaia de um guardanapo. E passou o tempo todo olhando descaradamente para as pernas dela enquanto nos explicava os planos para tomar o poder, não apenas no Brasil, mas também em países vizinhos.

– E terminou assim a reunião, dirigindo-se primeiramente a mim: 'você fica responsável por Buenos Aires. O Saulo por Montevidéu. O Fausto por Córdoba'.

– E as cidades nacionais?, perguntou Fausto.

– É o outro grupo que cuida, disse o chefe. Também dele desconhecíamos o nome. Era apenas o chefe.

– Foi nossa última reunião antes do dia da bomba. Morávamos como ratos num sótão, mas importantes cidades do mundo estavam em nossas mãos. Faltava apenas estourar a Revolução.

– Não estourou a Revolução. Nem nossa primeira bomba.

– Quando estávamos chegando pertinho do aeroporto, na última curva, ultrapassou-nos na contramão o chefe.

– Suspenso o serviço. Nova ordem. O Saulo desmonta a bomba. Você dá uma volta e depois vem buscar teu companheiro. A bomba desmontada pode ficar aí na capoeira, não tem importância.

– Estava quase na praça quando ouvi o estrondo.

– No jornal, no dia seguinte, fotos do Saulo despedaçado.

– Talvez ele tenha se suicidado, disse dona Aurora. – Me disseram que ele foi catar amoras e pisou numa

bomba que uns terroristas iam usar para explodir o avião do ministro.
— Troquei de assunto.
— Por que o seu nome é Aurora, dona Aurora?
— Eu andava muito preocupado com nomes. Não sabia quem era o meu amigo, agora morto.
— Minha mãe gostava muito das duas cantoras, disse dona Aurora –, mas como o brilho de uma era tanto que acabou por ofuscar o da outra, me chamou Aurora.
— E dona Aurora, para minha surpresa, saiu dançando pela sala: *Taí/ Eu fiz tudo pra você gostar de mim/ ó meu bem não faz assim comigo não/ você tem, você tem/ que me dar seu coração.*
— Dona Aurora, minha avó adorava esta música. E continuei: *essa história de gostar de alguém/ já é mania que as pessoas têm/ se me ajudasse Nosso Senhor/ eu não pensaria mais no amor.* Carmen Miranda fez tudo o que podia para que a irmã dela tivesse sucesso. Não havia inveja ou disputa entre elas. Ao contrário, havia muito amor.
— O amor é muito complicado, disse dona Aurora, que disfarçava sua viuvez e ria quando Fausto lhe dizia, brincando: — viúva bonita como a senhora é como lenha verde: demora um pouco, mas pega fogo.
— Nesse dia, ela me disse, depois de interromper a dança:
— O amor é grande como o mar.
— E começou a chorar, assim de supetão. — O que houve, dona Aurora?
— O Saulo. Ele tinha um amor proibido. Me falava do Fausto todos os dias. E nesses últimos tempos deu em ficar mais triste do que de costume, embora disfarçasse

bem, porque a Lili começou a namorar com ele. E eu não podia e não devia dizer nada. E não disse. Nunca disse.

– Também eu namorei Lili, mas não me casei com ela.

Fausto teve um monte de filhos com a Lili, que continuou com as pernas grossas e, coisa surpreendente, com a mesma antiga beleza. Ela também tomava banho frio, teria sido isso?

– Não descanso enquanto não estourar minha primeira bomba. Mas todos têm me dito ao longo desses anos que foram descobertos outros modos de eliminar a pobreza. Mas quais, se ela aumenta em todo o Brasil?

Quarto Crescente, só fumando e fazendo pequenos muxoxos.

– E eu: houve, porém, um tempo em minha vida que eu também era muito pobre, comia pratos simples, vestia roupas simplórias, mas em compensação era responsável por Buenos Aires quando a Revolução estourasse.

– Mês que vem pagarei a última prestação e daí farei novo crediário. Voltarei a Buenos Aires. Adoro aquela cidade que um dia ia ser minha.

– Todos os meus colegas encontraram o mar e o amor. Eu, apenas o mar. Por ora. Mas sigo procurando. Tomara que dê tempo. Para Saulo, não deu. Todos desistiram da Revolução ou então escondem bem os seus sonhos.

– Um dia desses, como acordo com o alarme do rádio, comecei meu dia assim: *nós somos as cantoras do rádio/ levamos a vida a cantar/ de noite embalamos teu sono/ de manhã nós vamos te acordar.*

– Escovei os dentes, lavei o rosto e antes de deixar o quarto ouvi versos ainda mais bonitos: *canto, pois sei que minha canção/ vai dissipar a tristeza/ que mora no teu coração.*

— Me deu grande saudade de dona Aurora, que tinha tantas coisas para contar e, ao contrário de mim, guardou tudo somente para ela. E me recomendou um dia que jamais contasse o que tinha acontecido entre ela e Saulo, no tempo em que ele ainda vacilava entre amar um homem ou uma mulher. Mas Saulo talvez tenha escolhido a morte. Será que ele nunca tinha visto o mar?

— Mas por que você não disse uma única palavra durante todo esse tempo, Quarto Crescente?

— Porque ainda não cheguei a Lua Cheia. E só falarei quando me completar. Eu também tenho o que dizer. Agora, porém, preciso ficar quieto. Para te ouvir. Eu adoro te ouvir. Adoro também te ler. Mas como eu gostaria de que teus leitores pudessem te ouvir. Você fala quase melhor do que escreve.

— Quarto Crescente, para me elogiar, você não precisa acabar comigo. Escritor que fala melhor do que escreve, deveria parar de escrever.

— Eu disse quase. O quase, como um detalhe, às vezes é tudo. Goethe quase se suicidou, mas não se suicidou. Fez com que se suicidasse o seu personagem. E assim evitou o próprio suicídio. No lugar dele, morreu Werther. Agora entendi aquela sua blague do outro dia.

— Ah, sim, eu reitero: a próxima vez que eu morrer vai ser a última. Já morri demais.

# 8

## A QUEM AMARÁS EM TEU OUTONO?

*Quarto Crescente teria um par de noites bonitas e incendiárias na próxima semana. Lua Nova comprou também algemas, uma corrente e um pequeno chicote. Apimentaria um pouco a relação, como sugeriu uma das amigas que confessara que com ela dera certo. Inconformada com a lerdeza e falta de iniciativa do marido, comprara ungüentos e diversos outros complementos, entre os quais um chicote, e dera uma boa surra no esposo, quando o obrigara também a rastejar a seus pés e confessar que era seu servo fiel, sem contar que fora obrigado a chamar a mulher de piranha, vagabunda, gaveta, perua, galinha, cadela e uma porção de outros nomes, a pedido dela. Quarto Crescente não gostava de apanhar, ao contrário do marido da outra, mas apreciava as invenções de sua ninfetinha, sempre criativa nas artes do amor.*

Quarto Crescente veio buscar Barrabás para um café.

– Nossa vida está ficando limitada, parecemos presos a um círculo de ferro, disse ele –, de onde não há saída possível ou ao menos de onde não podemos ver nenhuma saída.

Olhou com certo espanto para o amigo, buscando algum consolo, alguma palavra que contrariasse o juízo melancólico, pois gostava muito de Barrabás e na verdade não queria que concordasse com ele, que na verdade achasse o contrário.

– Sinto que assim não pode ser, eu te alugo muito, você parece meu pajem, babá, algo assim. Desde que começou esta depressão louca, durmo aos pedaços, acordo em meio a pesadelos. Ando complicado, Barrabás: de noite, pesadelos; de dia, remorsos. Todas as traições que fiz a minhas amadas têm me vindo à mente em borbotões. Fui mau marido, mau pai, talvez seja também mau amigo.

– Você é o mais doce amigo que alguém pode desejar, mas quanto a ser marido bom ou ruim, não é você quem julga, deixa isso pra lá. E além do mais somos pais muito preocupados com nossos filhos, será que nossos pais se preocuparam tanto conosco? Os meus, não!

– É, talvez você tenha razão, eu andava encucado, passei a tomar remédios que me deixam ainda mais desarrumado. Melhor você me falar de sua namorada. Já sei que é muito bonita.

– Já sabe, como?

– É que nunca vi você com mulher feia. A começar por tua mulher, que é linda.

Aquelas palavras eram luzes terríveis. Ofuscavam o entendimento de Barrabás. Por que ele amava Salomé, se

Maria era bela e o amava? Por que o amor tinha que ser tão complicado?

— Sabe, Quarto Crescente, Goethe escreveu numa carta quando mocinho: 'a beleza não está na luz, nem na escuridão; a beleza é sempre crepuscular, algo entre o dia e a noite, sombra, algo entre a verdade e a mentira, uma coisa vaga'. Vou te dizer uma coisa, Quarto Crescente: eu tenho um medo danado da escuridão.

— Eu também, eu também.

— Pois é. E eu me consolei quando li um depoimento de um autor de livros de terror, o Stephen King, que confessou jamais dormir no escuro completo, que deixa uma luzinha acesa, de medo que eles venham pegá-lo.

— Ah, ele disse isso, é? Eles vêm, mesmo, de verdade. Custei a gostar de livros do terror, mas vi o filme *Carrie, a Estranha,* prestei atenção no livro em que o filme era baseado, saí do cinema e fui comprar o romance. Adorei! Quando você se acostuma com o terror, passa a degustar a imagem de que a morte é calma, que o fim não é uma coisa tão assustadora, que a sepultura pode ser um leito de rosas, de nuvens. Bem, mas se não for isso, a cama de um faquir não será; com o fim de tudo, acaba também qualquer sofrimento.

Barrabás guiou o automóvel pela lateral do campus da universidade.

— Podemos buscar a Lua Nova? Ela pediu que fôssemos apanhá-la em casa. Mas só se você não se incomodar, claro.

— Você sabe que eu adoro a companhia dela. Vamos lá!

Barrabás estacionou o carro, a moça das multas veio avisar que não havia tolerância nenhuma.

– Nem de quinze minutos?, perguntou Quarto Crescente.
– Nem de um minuto, disse a moça.
– Esta cidade, depois das últimas eleições, ficou uma intolerância só, disse Barrabás.
– Tem que pagar, disse a moça –, é só pagar.
Quarto Crescente, habitualmente calmo, nessas horas se exasperava.
– Tudo tem que ser pago. E são necessárias muitas multas, não para aperfeiçoar o trânsito, mas para garantir o empreguismo dos cabos eleitorais.
– Falou comigo?, perguntou a moça com o bloco na mão.
– Não, disse Barrabás –, você não é cabo eleitoral, não foi contratada por empreguismo, foi?
Puseram o papelucho, a operação de achar moeda de cinqüenta centavos, enfiar no orifício da maquininha, apertar botões, aguardar impressão, voltar ao carro e pôr o tíquete sob o pára-brisa deixou os dois irritados.
– Platão expulsou os filósofos da sua República, disse Barrabás –, precisamos enxotar esses sábios do município.
Enfim riram e tomaram o elevador. Mas Lua Nova já tinha descido pelo outro.
– Ela viu pela janela a aflição de vocês dois e desceu rapidinho, disse a empregada.
Voltaram. Lua Nova subira.
– Então é só esperar. Ela chega lá em cima e volta.
De fato, de repente o lindo sorriso de sempre, a alegria de Lua Nova irrompeu na entrada do prédio, saindo do elevador.
Dirigiram-se ao carro. Lua Nova estava como sempre de salto. O vestido era verde-claro.

– Gostou da doutora?, perguntou Barrabás.

Referia-se à visita que os três tinham feito a uma famosa psicanalista.

– Ela ficou encantada com você. Como é bissexual, achei que podia rolar algo entre vocês, disse Barrabás com certo deboche.

– Você está brincando, disse Lua Nova –, mas eu também gostei dela, viu? E como nunca experimentei o amor entre mulheres, bem que poderia tentar, né, para ver que sabor tem. Quando fui ao banheiro, ela foi atrás e me disse: 'o bom entre nós é que não precisa parar para descansar; se a gente gostou, começa tudo de novo imediatamente'. E eu perguntei: 'como assim? Com homem não é a mesma coisa?' E ela: 'já ouviu falar em tristeza depois do coito, em descanso e cochilo antes de começar de novo?' Quando ia falar mais, entrou no banheiro uma louraça de dois metros e a conversa foi interrompida.

– E quem era a louraça?, perguntou Barrabás.

– Quem?, perguntou Lua Nova. – Uma que se anunciou assim nos classificados de acompanhantes e massagistas: 'Quase mulher. Seios 600ml. Bumbum empinado. Cintura fina. Coxas grossas. Cabelos até a cintura. Lábios carnudos. Dote: 28 cm'.

Quarto Crescente desatou a rir e por fim comentou:

– Quase mulher! Hahahaha! E atente para a semântica: dote! Dote já foi outra coisa, mas antigamente.

– Que pouca vergonha, disse Lua Nova.

– Cada dia me acho mais ingênua. Jamais pensaria que a meu lado mijava um homem.

– Bom, disse Quarto Crescente –, mas homem ela foi só quando mijou, que importância tem isso?

– Meu Deus!, disse Lua Nova –, vocês acham tudo isso normal!

– Eu não, disse, rindo, Barrabás – 28cm eu não acho normal.

Lua Nova ameaçou dar uma bolsada, de brincadeira, no amigo. Ele adorava brincar com ambigüidades de conversa como aquela!

Lua Nova quis dirigir o carro onde estavam os três. Deram umas bandas pela cidade e se decidiram por um café na avenida Comendador Alfredo Maffei. Quarto Crescente foi ao banheiro. Lua Nova disse a Barrabás:

– Presta atenção.

Era o que mais dizia para ele. E para o marido: 'ah, vai passear, Quarto Crescente'.

– Presto atenção em quê, perguntou Barrabás.

– Nos cochichos daquela mesa. E a indicou sorrateira com o olhar.

A moça abria as pernas devagarinho e sussurrava algumas palavras incompreensíveis para o namorado. Sabendo-se vista pela outra mesa, passou a exagerar. Revirava os olhos e abria e fechava as pernas devagarinho. Barrabás foi ficando de pau duro. Lua Nova talvez estivesse molhadinha, a cena era muito excitante.

– A calcinha dela é azul clara, disse Barrabás.

– Azul clara?, perguntou Quarto Crescente ao voltar do banheiro. – Então, vamos embora. Este café tá cheio de putas, peça a conta, Lua Nova.

– Alto lá, protestou Lua Nova –, eu também estou neste café.

– Mas você não enche este café, você é miudinha, queridinha, é o meu amor, disse Quarto Crescente, afagando a mulher. – E não é puta, mas se fosse eu te amaria do mesmo jeito.

Ao chegar em casa, Lua Nova acessou a Internet e procurou uma loja de artigos eróticos. Informou o número de cartão de crédito e comprou um espartilho. Quando terminasse a menstruação, viria uma nova onda de desejos e enquanto isso haveria tempo para a loja despachar a mercadoria pelo correio. Quarto Crescente teria um par de noites bonitas e incendiárias na próxima semana. Lua Nova comprou também algemas, uma corrente e um pequeno chicote. Apimentaria um pouco a relação, como sugerira uma das amigas que confessara que com ela dera certo. Inconformada com a lerdeza e falta de iniciativa do marido, comprara ungüentos e diversos outros complementos, entre os quais um chicote, e dera uma boa surra no esposo, quando o obrigara também a rastejar a seus pés e confessar que era seu servo fiel.

Quarto Crescente não gostava de apanhar, ao contrário do marido da outra, mas apreciava as invenções de sua ninfetinha, sempre criativa nas artes do amor.

# 9

## MAMÃE É O PAPAI!

*Barrabás reencontra seu antigo professor de Latim, padre Höderlin, que, pela primeira vez depois de acontecimento decisivo do encontro com o filho naqueles dias de festas, não voltou mais para a diocese, para desespero e grande surpresa de Dom Cagliostro Marano, o bispo que se tornou ateu ao morrer e partiu para a vida eterna chutando os padres, o cibório, o vinho transformado em sangue de Jesus Cristo e a hóstia consagrada.*

Barrabás reencontrou seu professor de Latim algumas décadas depois de a vida tê-los extraviado pelo mundo.

– Sabe, Bar, o que eu mais lembro de ti, daqueles anos em que fui teu professor no seminário, é o seguinte: nenhum padre precisava te obrigar a ler. Você, Zé Plebeu, o

Sol, Quarto Crescente e poucos mais. Depois todos foram expulsos quase na mesma época. Eu protestei, mas fui vencido.

— Comíamos quatro a quatro. Em eterno rodízio, todos os dias do ano, um de nós lia a vida de algum santo. Os padres-professores comiam ao lado de nosso refeitório, numa pequena sala. Parece que o café deles era melhor: tinha ovo quente. No nosso, pão preto e *Schimier*, apenas.

— Um dia volto lá, levo o grupo todo para ver um caderno com as anotações sobre cada um de vocês.

— Já vimos. Quarto Crescente, quando desativaram o seminário, foi lá e catou um monte de coisas. Ia tudo para o lixo.

— E ele tem o caderno?

— Tem. Vimos e lemos tudo na casa do Sol, na praia, em Florianópolis, numa noite de chuva, depois de cantarmos em latim, como sempre. Aquele dia o senhor chegou depois de nós. E foi nesse dia que disse uma frase inesquecível: a vida é um breve intervalo. Quando a gente se reunia periodicamente em Florianópolis, buscava uma forma de não morrer ou de morrer mais devagar, impedir que a Morte, quando viesse, levasse tudo. Tínhamos sido expulsos quase todos de uma vez. Nossos pais tinham tido vocação para sermos padres. Da minha família, de catorze filhos, só eu fui o escolhido. E para quê? Escolhido para ser expulso e para estar agora na companhia de meus colegas tantas décadas depois. Mas em algumas famílias os pais tinham vocação para todos os filhos serem padres e todas as filhas serem freiras.

Padre Höderlin tinha seis irmãos padres e sete irmãs freiras. Foi ordenado muito jovem e chegou arrasando corações, pois era um homem bonito, doce, meigo, o que contrastava com a rudeza dos maridos das paroquianas. Lutou bravamente contra aquela impostura da Igreja, o celibato, a castidade compulsória e já tinha mais de sessenta anos quando se apaixonou perdidamente por uma menina de vinte e poucos. Teve um filho com ela, o bispo sabia.

Todo ano, no Natal, a conversa era dramática.

– Eminência, desta vez vou e não volto, dizia ele depois de rezar a Missa do Galo.

– Volta, sim, dizia Dom Cagliostro Marano –, volta, eu sei que você volta, saciado o desejo, volta, eu só não posso te dizer é como e por quê eu sei que é assim, mas assim é.

– Desta vez, não volto, reiterava padre Höderlin, sempre, todos os anos.

– Volta, sim, acha que mulher quer um padre em casa? Para quê? Para passar vergonha? Até quando poderão esconder esta história de tio e sobrinha?

E padre Höderlin sempre voltava. E todos os anos, o jornal da Cúria publicava de novo um artigo sobre o Natal, que ele escrevera há muitos anos e que Dom Cagliostro Marano gostava de ler em voz alta, como fez no dia decisivo em que padre Höderlin deixou o sacerdócio. No texto, lavrado depois de diligentes pesquisas, padre Höderlin, um tanto desapontado por descobrir aquelas verdades tão tarde, mas ao mesmo tempo feliz com a beleza da lenda dos reis magos, comentava o erro terrível cometido por um monge chamado Dionísio, que vivera por volta do século V a.C., e que resultara em que o nascimento de Jesus tivesse que ser datado entre os anos 4 e 5 a.C., pois Herodes, o Grande, o do massacre das crianças, tinha sido deposto no ano 750, contados da fundação de Roma, isto é, no ano 4 a.C.

Quando apresentara o artigo para o indispensável *nihil obstat* do bispo, este lhe dissera, depois de leitura igualmente desconcertada:

– O Natal já foi comemorado dia 20 de março, dia 28 de maio, o que não é tão grave, mas o que é espantoso é que, por seu artigo, em resumo não sabemos com exatidão nem o ano, nem o mês e nem o dia em que Jesus nasceu.

– É isso mesmo, senhor bispo. Foi somente depois que o cristianismo se tornou a religião oficial do Império Romano, no século quarto, que o Natal passou a ser comemorado dia 25 de dezembro.

– E por que os ímpios fizeram isso?

– Não foram os ímpios, senhor bispo. Foram os próprios cristãos que associaram o Natal às festas do solstício de inverno, instituídas pelos pagãos para celebrar o nascimento do 'Sol invicto'.

– Está na moda secularizar tudo, não sei aonde vamos parar sem o sagrado.

– Não mexo no sagrado, senhor bispo.

O bispo entreolhou admoestador para padre Höderlin. E ele emendou:

– Não neste artigo. Sei que até mesmo escritores ateus ou agnósticos ousaram dar sua versão do Evangelho. Mas nenhum deles com a clareza, a concisão e o encanto da cobertura que da primeira noite de Natal fez um homem simples que exercia profissão detestada por todos. Era cobrador de impostos e escreveu a obra-prima que o consagrou, o Evangelho Segundo Mateus.

O bispo retomou os questionamentos.

– Padre Höderlin, o senhor quer acabar com todos os reis do mundo, mesmo com os imaginários? Veja bem, hein, o senhor não pode acabar com todos, tem que poupar pelo menos os quatro reis do baralho.

Padre Höderlin sorriu envergonhado. Ele realmente gostava de jogar canastra, embora jogasse também com o bispo e por isso a timidez desenhada no rosto desaparecia rapidamente.

– Não, senhor bispo, não quero derrubar monarquia nenhuma.

– No caso, uma oligarquia.

– Sim, pois os reis eram quatro: três saudavam na manjedoura o rei dos reis. Como digo em meu artigo, a visita dos magos é um dos melhores momentos deste lindo evangelho. Mateus não revela seus nomes, não diz que eram reis nem que eram três. Levavam três presentes: ouro, incenso e mirra. Foi a tradição que os transformou em três reis, inventando-lhes os nomes de Baltazar, Gaspar e Melquior.

– Seu artigo é um encanto só, disse o bispo –, eu fiquei perplexo quando certa vez, visitando a catedral de Colônia, vi os restos mortais dos reis magos num dos altares laterais daquele esplêndido templo cristão. O senhor entretanto não explica onde eles estavam antes de chegarem à Itália. Só diz que em 1164 foram parar ali.

– Cá pra nós, senhor bispo, nada disso mexe com a nossa fé, mas ninguém sabe de quem são, realmente, aqueles ossos.

– Sei, sei – disse o bispo. – Já vi coisas mais complicadas de nelas se acreditar. Quando cheguei a Roma para cursar a Universidade Gregoriana, um monsenhor com trejeitos de aerovelha me levou à Basílica de Santa Maria Maior. Ali, apontando para cinco pedaços de madeira, me disse que eram da manjedoura onde nasceu Jesus. E eu lhe perguntei, então: 'mas a manjedoura não tinha sido cavada na rocha?', ele nem respondeu, estava olhando para um rapaz bonito com quem conversava baixinho. Eu, puro de coração naquele tempo, porque hoje não sou mais, pensei que eram assuntos eclesiásticos.

– Mas eram assuntos eclesiásticos, disse padre Höderlin, já à vontade.

E os dois deram boas risadas.

Foi o bispo quem retomou a conversa, ainda com o artigo na mão:

– Você se lembra do Cipriano, o meigo?

– Não era assim que o chamávamos. Era Cipriano, o carola.

– Isso mesmo. Cipriano, o carola. Você sabe o que houve com aquele beato que acreditava em tudo?

Padre Höderlin:

– Claro. Ele, por ser piedoso e esforçado, também foi para a Universidade Gregoriana em Roma cursar teologia. Não era muito inteligente, mas era tido quase como um clone de São João Vianney. Acabou trabalhando de auxiliar de um cardeal no setor de relíquias. Um dia veio uma comissão do leste europeu, eram católicos romenos, se não me engano, que tinham vindo buscar um dente de Santa Gertrudes.

Padre Höderlin quase não conseguia contar de tanto que ria, antecipando o desfecho, os dois certamente conheciam a história, mas o bispo insistia e até ajudava em alguns detalhes.

– Como foi mesmo que ele perdeu a fé, padre Höderlin?
– Ele começou dizendo que voltassem outro dia, que o cardeal não estava. Um monsenhor que ouvira a conversa aconselhou: 'o cardeal confia muito em você, Cipriano, entra lá e pega a relíquia, o cardeal é muito organizado, os dentes estão separados do ossuário, estão acomodados em cestinhas, cada qual com uma etiqueta indicando de quem são os dentes'. Cipriano puxou a cortina vermelha e entrou. Logo à esquerda viu um balaio enorme, com a etiqueta indicando que eram os dentes de Santa Gertrudes. Havia uns cinco mil dentes. Ele, depois de um longo momento de torpor, rasgou a batina e saiu gritando impropérios pelos corredores. 'Bandos de cretinos, e eu que sempre acreditei vocês, seus falsários, estelionatários, ladrões, enganadores de pessoas de boa fé'.
– E o que aconteceu com ele?
– Senhor bispo, não sei onde vive hoje. Mas sei que se formou em Direito e hoje mora em Porto Alegre num bairro chamado Moinhos de Vento.
– Moinhos de Vento? Deve homenagear holandeses, Dom Quixote ou algo assim. Doutor Cipriano deve ter feito sucesso na profissão.
– Acho que não. Ganhou muito dinheiro, mas perdeu tudo. Um dia lhe perguntaram onde tinha gasto a fortuna e disse: 'com mulheres, jogo e bobagens'. 'Que bobagens?', lhe perguntaram. E ele respondeu: 'Livros. Enchi a casa e o escritório de livros. Não servem para nada'. Ele comprava livros por cores, por metro, quase sempre coleções. O Wilson, diz, entre brincando e sério, que certa vez o Cipriano mandou serrar uma coleção

porque não cabia nas estantes. Mandou cortar um pouco em cima, um pouco embaixo, aparando as margens.

Padre Höderlin empertigou-se, trocando de assunto. E passou a repetir para Dom Cagliostro Marano a mesma cantilena de todos os natais. Aquela era a última vez que ia ver a namorada, só que daquela vez não voltaria.

O filho do padre já tinha seis anos. Todos os que habitavam aquela pequena cidade do Brasil meridional, cujo nome é prudente omitir, já tinham aceito que o tio-padre ou padre-tio era mais do que isso para a sobrinha, pois o filho ilegítimo, embora tornado legítimo por ter sido registrado em nome de um defunto, era a cara do padre. Veio ele, como sempre, todo lampeiro, para passar o 25 de dezembro com a família.

E agora ocorria de novo o triste diálogo volta, não volto, sei que volta, mulher cansa logo de homens como nós etc.

– O que você está pensando? – perguntou Dom Cagliostro Marano, já com menos paciência, pois tinha envelhecido.

– Desta vez não volto, concluiu em despedida padre Höderlin.

E partiu. O diálogo se dera, como sempre, no dia seguinte à Missa do Galo.

Aquela vez seria como todas as outras, não tivesse ocorrido um pequeno incidente: ao bater na porta, com o jeito suave de uma vendedora da Avon, padre Höderlin deu de cara com o menino. Pai e filho nunca tinham se tratado como o que eram. Os disfarces pareciam estar consolidados. Para o menino, aquele homem era o seu tio.

Mas será que o menino ainda acreditava na antiga e piedosa mentira? Ao abrir a porta, viu aquele homem que

o tratava com tanto carinho, vestido de mulher, como sempre, pois vinha de batina, ainda que amenizada pela cor azul-claro, elegante, perguntando, os profundos olhos azuis como que acariciando o menino:
– A mamãe está?

Em vez de responder, o menino chamou a mãe com toda a naturalidade:
– Mamãe, é o papai!

Padre Höderlin, atacado por insólita dispnéia, quase teve uma síncope, esses nomes gregos eruditos para designar a privação dos sentidos, o popular 'ficou bobo'. E poderia ter um infarto, coisa séria. Um terremoto violento sacudiu sua alma e ele sentiu, pela primeira vez na vida, o poder daquele tisuname. Água mole em pedra dura tanto bate até que fura, lera em latim, na adolescência: *Stillula molis aquae lapidem assiduo cavat ictu*. Mas se dissesse a frase a outros interlocutores que não fossem gente como nós, ia parecer o que não era de jeito nenhum, pernóstico, pois nele o falar latim era natural e era homem humilde e temente a Deus, como se diz de Jó, não era ímpio. Contudo sempre poderiam ser corrigidos, remendados, tapados ou disfarçados os furos daquela água mole como a sua conversa, não a invasão devastadora do tisuname que irrompia com aquela simples frase do filho que ainda não chegara à idade da razão, pois a idade da inocência estava prescrita para findar aos sete anos, segundo ensinamentos conciliares.

E padre Höderlin, pela primeira vez depois desse acontecimento decisivo do encontro com o filho naqueles dias de festas, não voltou mais para a diocese, para desespero e grande surpresa de Dom Cagliostro Marano.

Foi ficando por ali, quieto, na casa da sobrinha. No começo, nenhum carinho público, depois o povo acostumaria com o casal.

Dom Cagliostro Marano tinha certeza de que o padre voltaria. Assegurara ao coadjutor – naquele ano tinha recebido um coadjutor, um padre recém-ordenado tinha vindo para ajudá-lo na Cúria Diocesana – que padre Höderlin voltaria, sim.

– Decerto o senhor sabe o que padre Höderlin foi fazer lá, não?, perguntou o bispo ao coadjutor, às vésperas do Dia de Reis, quando já estava consolidada a partida sem volta.

– Sim, sei, disse ele batendo os calcanhares e se empertigando, numa pose que, segundo o experimentado olhar de Dom Cagliostro Marano, se não era de arrogância, era de boiolice. – Mulheres, mulheres, resmungou o coadjutor, como se a gente precisasse delas para alguma coisa!

Foi o que bastou para confirmar a suspeita do bispo. Ali estava mais uma dura provação; depois da erradicação da missa em latim, um padre veado! Pensou com seus botões: esses aí saltitam cantando 'erguei as mãos e louvai ao Senhor', chamam turíbulo de 'aquela bolsinha com as brasas e o incenso', o que mais poderíamos esperar?

Ele não podia esconder que gostava mais do outro, o velho pároco, encantador, com o mesmo drama que também tinha sido o do bispo quando foi designado pároco para Sanga da Amizade, então apenas uma biboca cheia de belas italianas morenas, lindas polacas brancas, uma das quais quase põe a perder seu ministério naquele cafundó onde Judas perdera as meias, porque as botas ele as perdera na localidade anterior, Sombrio, distante dali dezenas de quilômetros, naquelas medições imprecisas de tudo, incluindo os sentimentos do então jovem padre.

– Quer dizer que as mulheres não servem pra nada, é isso que agora ensinam no seminário?

– Que seminário? – espantou-se o coadjutor. – Eu só fiz dois meses de aeróbica e aprendi a louvar a Deus de um jeito que todo mundo gosta, vamos acabar com essas igrejas de crentes, a nossa será muito melhor.

O bispo lembrou-se de antigo livro de teatro, editado em Lisboa, que trazia em grifo, antes das falas dos personagens, rubricas como 'empalidecendo', 'enrubescendo', 'tomado de fúria', 'assaltado por calma infinita' etc. Para ele sempre tinha sido impossível um ator, por mais talentoso que fosse, enrubescer antes de proferir uma fala.

O coadjutor, dito o que dissera, afastava-se rebolante pelo corredor da Cúria, troteando entre reproduções fiéis de Michelangelo e Bernini. Mas, coisa curiosa, tinha parado diante de um quadro na parede do corredor.

Era a cópia de um afresco de Rafael, retratando o encontro do papa Leão I e Átila, rei dos hunos, ocorrido no ano 452. À frente de poderoso exército, o chefe bárbaro, depois de devastar meio mundo, estava às portas de Roma. Todos se esconderam, temendo o pior, acuados. *Por onde o cavalo de Átila passava, a grama deixava de crescer*, dizem as frases lendárias que sintetizaram o terror que espalhava. Roma contava, porém, com o influente exército de um homem só. Era o papa Leão I, o Grande. Aquele encontro entre Átila e o Sumo Pontífice foi um dos momentos decisivos da civilização ocidental.

Jamais se soube o que o papa disse ao general. O certo é que, depois da conversa, o flagelo de Deus, um dos apelidos do feroz comandante bárbaro, retirou-se para as margens do rio Danúbio, morrendo no ano seguinte.

Mas este não era o único segredo de sua vida. O general morreu na noite de núpcias, deixando intocada a mulher que desposara. Os coveiros foram assassinados para que ninguém jamais soubesse onde o corpo, acompanhado de imensos tesouros, tinha sido enterrado. Átila chegara ao poder absoluto depois de matar o irmão num duelo, alegando que ele envenenara o tio. Provavelmente também ele morreu envenenado por seus comandados.

– As mulheres não servem para nada?, tornou o bispo.

– E servem pra quê? Cozinhar? Os melhores cozinheiros são homens! Administrar a casa? Por acaso o senhor bispo conhece alguma mordoma?

– Este não gosta de mulher, pensou com seus botões o bispo –, quem sabe vai me dar menos trabalho do que padre Höderlin, mas a que preço, meu Deus do Céu? Como entender o mundo em que vivo?

O coadjutor foi colher moranguinhos atrás da Cúria. Seu intento era um dedo de prosa com os meninos que estavam por lá. O bispo voltou à biblioteca, onde se recolhia para ler, escrever, preparar sermões e principalmente ouvir música clássica.

Foi à estante e tomou o Livro de Jó. Gostava muito de reler este livro e admirava o recurso do narrador. Nenhum dos amigos de Jó teve qualquer palavra iluminadora acerca das razões dos terríveis sofrimentos que se abateram sobre ele para que o Demônio pudesse preparar o terreno das tentações.

A camareira veio arrumar o recinto.

– Você lê a Bíblia?, perguntou-lhe o bispo.

Ela empalideceu. Será que o bispo sabia? Ela ia perder o emprego. Não lia a Bíblia, liam para ela na Igreja Universal, que freqüentava escondido, junto com uma sobrinha.

– Já ouviu falar do Livro de Jô?

O bispo, de ascendência alemã, utilizava um português arrevesado, fechando sílabas abertas e abrindo as fechadas.

– Jô?

– Não! Jó!

– Não. Este nunca!

– Melhor assim, disse o bispo.

– Mas por quê? Que é que tem este Jô?

– Jô, não, Jó, insistiu o bispo. – É a história de um homem que sofreu mais do que todos em todos os tempos, disse o bispo, para resumir a conversa.

– Mas este não foi Jesus?

O bispo resumiu para ela. Não perdera o doce encanto de ensinar. Do grego aprendera que catequese era fazer ressoar a palavra: por toda a casa, por todos os lugares, por todo o mundo, o que combinava com o que outro bispo lhe dissera quando tinha sido ordenado padre, ao citar a ordem de Jesus, suas últimas palavras na Terra, ao despedir-se dos onze discípulos na Galiléia, depois de ter sido dado como ressuscitado.

Mas talvez a verdade fosse outra. José de Arimatéia convencera as autoridades romanas a liberarem o corpo, pois o fariseu assegurava que era cadáver, lá o tratara com ungüentos diversos e, por incrível erro de tradução, tinha sido criado o mito de que Jesus ressuscitara dos mortos. Com efeito, Arimatéia, falando grego, pedira o *soma* (corpo) de Jesus, e, Pilatos entendera *ptoma* (cadáver). De todo modo, antes de partir para seu refúgio na Índia, Jesus levara os discípulos para um monte e, falando de longe, disse que os deixava ali, pois ia subir aos Céus e voltar para o Pai. E lhes dera sua última ordem: 'ide pelo mundo inteiro e pregai o Evangelho a toda a criatura'. Era a mesma que o bispo tinha ouvido ao ser ordenado padre.

Se era retumbante o estilo recomendado, ele precisava seguir à risca o mandamento. E, por isso, empertigando-se, disse à arrumadeira:

– Jó e não Jô, viu? Jó tinha cinco mil camelos, cinco mil juntas de bois, dez mil ovelhas e...

– Pra que tudo isso?, interrompeu a empregada.

– Minha filha, não pergunte por que os ricos têm tanto, pergunte por que você tem tão pouco. Quantos camelos você tem?

– Nenhum.

– Pois é, mas Jó era rico, tinha tudo isso e ficou pobre, ficou na miséria. E ainda por cima tornou-se leproso. A mulher mandou que ele dormisse fora de casa, pois ficou com nojo dele.

– E eu não sei?

– A senhora sabe?

– Claro que sei, essas ricaças são todas iguais. Elas usam os maridos. Depois jogam fora. Se eles ficam doentes, elas põem eles pra correr ou levam a um asilo. Essa aí deve ter mandado o marido dormir com os camelos porque nesse tempo nem asilo havia.

E ela, arfante, continuou a passar o esfregão no assoalho de madeira. E caindo em si, disse por fim:

– Que camelo, nada, toda a camelada já tinha morrido, não foi assim?

O bispo queria instruí-la a partir do Livro de Jó e por isso recomeçou:

– Minha filha, bradou –, você sabe quanto tempo dura a gestação do burro?

– Um pouco mais do que a do cavalo, senhor bispo.

– E a do cavalo, quanto dura?

– Dois meses menos do que a da anta, senhor bispo.

– E a da anta?

– Trinta dias menos do que a da zebra.

– E a da zebra?, perguntou o bispo já se irritando por não receber nenhuma resposta precisa.

– Não sei, senhor bispo. Só sei que a mais longa é a do elefante, que ganha do rinoceronte e da girafa.

– E onde você aprendeu isso?

– Eu faço palavras cruzadas. O rinocerontinho fica quase dois anos na barriga da mãe antes de nascer. E Ur fica na Caldéia.

– E quem te perguntou isso?

– Ora, senhor bispo, nas palavras cruzadas, quando perguntam isso tudo que o senhor acaba de perguntar, perguntam também: cidade com duas letras. Errei só uma vez. Na resposta dizia que era Ur e que ficava na Caldéia.

– E onde fica a Caldéia?

– Isso a palavra cruzada não perguntou, não senhor.

– Então, fique sabendo: fica no Iraque.
– Meu Deus do Céu, o mundo é redondinho mesmo, não?
– Como assim?

E o bispo olhou o mapa-múndi na parede da biblioteca, mas a empregada tinha outra idéia de redondeza:

– Redondinho, ué: o que acontecia antigamente, acontece de novo agora, e no mesmo lugar.

A empregada largou o esfregão e começou a passar o espanador nos livros. O bispo pegou a Bíblia e, recolhido, passou a ler a peroração de Deus a Jó, que estava inconformado por não entender por que, sendo bom e justo, tinha sido tão duramente castigado.

Jó, como o bispo, queria entender o mundo, mas este era indecifrável, sendo o conhecimento uma ambição vã, como atestava o próprio Deus:

– Conheces o tempo em que as camurças dão à luz? Assistes ao parto das corças? Contas os meses da gestação delas? Sabes por que os ovos do avestruz demoram 79 dias para chocar e os da galinha apenas 22? Já descobriste por que o jacaré e a tartaruga põem ovos, e o veado e o leão-marinho não? Sabes o motivo de eu ter determinado que o hipopótamo paste como o boi e o leão coma carne como o crocodilo? E queres entender de sofrimento?

Fechando o livro sagrado, o bispo disse a si mesmo, por fim:

– Não consigo entender por que uma das três filhas de Jó se chamava Caixinha-de-Ungüentos e quero entender por que o padre Höderlin trocou o sacerdócio por uma moça bonita de vinte e poucos anos.

Deixou a biblioteca e veio para a sala de jantar. A arrumadeira tinha terminado de limpar a casa e estava servindo a sopa habitual. Num estrado estava a correspondência. Ele deu uma bisbilhotada rápida e viu que uma das cartas era do padre Vermessen. Não ia abrir já. Algo lhe dizia que a carta estragaria seu apetite.

O bispo tinha, porém, procedimentos de rotina que segundo ele aliviavam o fardo da existência. O fardo da existência, ele dizia sempre ao se referir àquela vida, perfeita na aparência, mas desarrumada no íntimo por uma insuficiência devastadora: fora-lhe proibido o amor das mulheres. Sabia que outros a quem o celibato era compulsório suportavam isso sem muitos problemas, mas ele, não! Vivia atormentado porque, ano após ano, sentia que ia ficando cada vez mais tarde para mudar. Estava agora com 83 anos. Entre os procedimentos de rotina estava o de jamais prorrogar a má notícia.

– Esta carta do Vermessen não pode ser anúncio de boa coisa, disse para si mesmo.

A empregada veio dizer que a mesa estava posta. O coadjutor já saltitava em direção à copa. Dom Cagliostro Marano abriu devagar o envelope e começou a ler. Padre Vermessen, depois de saudar o bispo, fazia pesada revelação:

– O Senhor me tira as forças pouco a pouco, sou um homem velho e preciso dizer que Wagner, o clérigo que Vossa Eminência vai ordenar sacerdote, no dia de Nossa Senhora das Mercês, o filho da Alice, órfão de pai, tem pai, sim, coisa que ninguém sabe a não ser sua mãe e eu.

O bispo ainda não se dera conta do pecado cabeludo. Na terceira linha ainda achava que, sem violar eventual sigilo de confessionário, seu subordinado queria apenas evitar que a Igreja ignorasse a verdade. E que ao ordenar mais um sacerdote, como de hábito, soubesse tudo o que fosse possível a respeito de sua vida.

O susto veio na linha seguinte:

– Wagner é meu filho. Me entreguei aos prazeres da carne, para nós sempre tão atormentados, quando sua mãe tinha dezesseis e eu sessenta anos. Fala-se muito mal do filho bastardo, o que não pensarão do filho de um padre? Infelizmente não podemos dizer a verdade: que alguns filhos legítimos podem ter sido gerados sem tesão, não o bastardo! Ele é sempre fruto de uma atração extraordinária à qual não se pôde resistir. Wagner foi concebido com gosto, embora não sem atribulações, no inverno de meu sexagésimo aniversário. Não seduzi sua mãe. Toda assanhadinha, ela chegou à sacristia vestindo uma saia rodada que facilitou nossos agarramentos. Penso que tenha concebido em pé, mas vou poupá-lo de detalhes, embora sabendo de antemão que apenas os sórdidos nos interessam. Houve, porém, muito amor, desde os primeiros instantes. Amor de verdade, daquela espécie que leva o amado a preocupar-se com a vida da amada. Sempre fiz tudo o que pude por ela e por seu filho, por cuja formação me esmerei, a ponto de trazê-lo para o seminário e disfarçar a paternidade que tanto me alegrou desde sempre. O amor cujo nome não pude pronunciar não foi apenas um. Foram dois. Amei sempre a ele e à sua mãe.

Cancelar a ordenação de Wagner exigiria de Dom Cagliostro Marano uma série de procedimentos, incluindo os entendimentos jurídico-religiosos que sustentassem a proibição, em caso de eventual recurso, mas dali a alguns dias a mão oculta do Senhor ensejava recurso em que ninguém tinha pensado. Viajando pela perigosa estrada BR-101, no litoral catarinense, o clérigo Wagner, padre Vermessen e Alice pereceram em trágico acidente de ônibus em que morreram muitas outras pessoas. A notícia ganhou as folhas, mas a morte costuma ser solitária. Ainda que reunidos na mesma hora e no mesmo lugar para a colheita dos dias, cada um foi recolhido em separado como separados foram enterrados, cada um no seu caixão.

Murmúrios esparsos e fragmentados sobre alguns dos mortos, dando conta de detalhes porventura esclarecedores de alguns enigmas, não chegaram a ser registrados. Os idiotas da objetividade, como os chamava Nelson Rodrigues, já eram então legião e jornalistas limitavam-se a dizer quantos e onde morriam, nesta ou naquela tragédia, sem aprofundar tema nenhum. A maioria de seus leitores, ainda mais apressados, tampouco queriam mais do que eles lhes davam, a menos que se tratassem de celebridades e aquele funesto evento não ceifara a vida de nenhuma delas.

Tempos depois morria, mas solenemente, Dom Cagliostro Marano. Circulou a versão de que no leito de morte arrependera-se da triste vida que levara sem o amor das mulheres pela vida inteira, confinado ao voto de castidade.

Morreram com ele outros mistérios, pois o médico que dele tratara até o fim se recusava a dizer por que razão o bispo contraíra aids. O que se sabe é que, rodeado de padres, ele recusou a extrema-unção, então já com o novo nome de unção dos enfermos, deu um tapa nas mãos do sacerdote que tentava em vão lhe dar a comunhão, tendo antes molhado a hóstia no cálice consagrado, e uma mancha vermelha marcou os lençóis, escorrendo pelo chão do quarto o vinho derramado, que, de acordo com a liturgia, era o sangue de Cristo, surpreendentemente profanado por quem por ele zelara a vida inteira.

Suas últimas palavras teriam sido:

– Joguem essas merdas fora, por coisas como essas perdi a minha vida, jamais amei uma mulher e a única que me amou eu desprezei, morro sem fé, ateu, aos 85 anos, ai, meu Deus que triste foi a minha vida!

Encarregado do relatório à Santa Sé, em que seriam esclarecidas as circunstâncias da morte do bispo, o padre-relator começou a ler a minuciosa descrição, mas foi interrompido pelo mais velho deles:

– Ficou louco, quem vai aprovar este relatório absurdo contando essas iniquidades?

– Mas eu relatei a verdade, disse o padre-relator.

– E daí? Quem se interessa pela verdade? Escreva outro!

– Mas, como?

– Simples, seja sucinto. Registre apenas que Dom Cagliostro Marano, nos instantes finais de uma profícua vida dedicada integralmente à Igreja-mãe, perdeu as faculdades mentais e que os padres presentes, em uníssono, confortaram-no com solicitude, encomendando sua alma ao Criador.

Olhou fixamente para o padre-relator e acrescentou:

– Não precisa escrever exatamente como eu disse, mas não deixe de fora de seu relatório as expressões 'profícua existência' e 'confortaram-no com solicitude'. A Igreja gosta muito de 'profícua' e de 'solicitude', embora não entendamos bem por quê. No Vaticano, solícitos eles somente são uns com os outros, e nossas existências, profícuas ou não, não lhes importam, o que eles querem apenas é que obedeçamos, e eu já começo a achar que o celibato só vale para padres, pois os cardeais confiam que ao envelhecer cessem a libido e o incoercível desejo da presença feminina, mas este não é o único nem o principal engano deles.

O relatório foi feito conforme as instruções. Dom Cagliostro Marano morreu e foi enterrado na cripta da diocese.

Nos dias que se seguiram, foram muitos os que lamentaram todas aquelas mortes, sem sequer desconfiarem dos graves problemas que elas tinham resolvido, pois jamais alguém desconfiaria de que o clérigo Wagner fosse filho de um padre.

# 10

## DEUS LEVA MAIS DO QUE DÁ

*Barrabás, em dolorosa e indispensável conversa com seu pai, fica sabendo que não é o pranto que precede o riso, é o riso que precede o pranto e que Deus, como o Diabo, se dá alguma coisa, tira outras, tão ou mais valiosas.*

Foi longa e sinuosa a conversa de Barrabás com seu pai aquele dia.

– Não quero disputar o amor do senhor com minha mãe, conforme li no livro de um austríaco no seminário, que o Wílson me emprestou.

– E o que diz o tal livro que você leu?

– Que todo filho quer matar o pai, o que, para católicos, mesmo no plano simbólico, pois o autor não se refere a assassinato real, é inconcebível, já que o Pai mata o Filho na cruz.

– Mata, como, meu filho, se foi o Filho quem se ofereceu para remir os pecados do mundo? Você acha que filho não tem vontade, só pai tem vontade?
– Mata porque podia evitar a crucificação e morte do Filho, mas se omite. Filho também tem vontade, mas a dele não vale nada, impera soberana a vontade do pai.
– Grande heresia esta sua, assim como é que vai ficar padre? Por acaso eu imponho minha vontade a você? Quem quis que você fosse padre foi tua mãe, não eu.
– Mas sabendo que eu não queria e não podia, o que é que o senhor fez para me ajudar em minha vontade? Nada. Omitiu-se. Ficou do lado da mãe.
– E de que lado você queria que eu ficasse?
– Eu queria que ao menos o senhor escolhesse um lado, soubesse escolher o seu lado e não se submetesse desse modo à mãe. Tudo o que ela quer, aqui em casa acontece. Aqui e fora daqui, basta ela querer.

O pai olhou compenetrado para o filho. Havia doçura em seu olhar, como sempre, pois era um homem amoroso e conversava francamente com os filhos, aguçando-lhes a inteligência. Sim, havia outros filhos e aquela conversa do pai certamente os levava em consideração.

– Meu filho, você não pode imaginar como desejei a tua vinda ao mundo. Claro que recebi bem as meninas, são minhas filhas também, mas quando veio você, foi diferente. Lembra que eu te acordava todas as manhãs para você tomar café comigo antes de eu ir para o trabalho? A gente conversava baixinho, cochichando, para não acordar os outros, nem tua mãe, que continuava dormindo. Eu te levava no colo de volta para a cama e só então ia para o trabalho. Você sempre foi um filho abençoado. Quando tua mãe, como diz você, teve vocação para você ser padre, antecipei o vazio que chegaria ao meu peito. Você compreende? Não era um vazio que já existia, era um vazio que ameaçava chegar com a tua partida. Foram duros aqueles anos para mim também, mas pai não pode se queixar de nada. Não sei por que tanta revolta contra quem sempre te pôs em primeiro lugar em tudo na vida! E sabe do que mais? Na única vez em que você me viu chorar, naquele acontecimento que não gostamos de lembrar, pensei assim: Deus é malvado. Deus me deu o filho que eu sempre quis, mas para isso leva dois, Deus nunca perde, quem perde é a gente, mesmo quando acha que ganhou Dele uma graça.

– É assim que você pensa, meu pai?

– Não era assim que eu pensava, meu filho, mas é assim que eu sempre penso desde aquele dia do afogamento dos teus irmãos.

– Por que o senhor não diz meus filhos, diz teus irmãos?

– Porque eles morreram mais para mim do que para você. Há uma gradação na morte. Tua mãe, por exemplo, ela sofre mais essas mortes do que você, eu e os outros.

– Não entendi, meu pai.

– O meu filho não pode ainda entender certas coisas. Se um dia se tornar pai, tomara que nunca perca um filho. Esta é a única dor que não passa. Há uma relatividade em todas as dores, meu filho. Não se preocupe com o que a tua mãe te impôs: ser padre. Por enquanto fica lá. É o que se pode fazer. E o que se pode fazer, se faz. O que não se pode, não se faz.

– Meu pai, temos esta grande discordância: o senhor só quer o que pode. Eu quero o que não posso. Mas o senhor ficou órfão aos nove anos, as lembranças do avô que jamais tive aparecem pálidas nas suas conversas, o que ouço sempre é o senhor referir à sua mãe; o pai, não. A vida inteira certamente será pouca para entendermos seus mistérios, mas saiba, meu pai, que só entendi a dor da morte depois de ler o Livro de Jó. Foi quando compreendi que o sofrimento é um mistério e não nos é dado entendê-lo.

– Você precisa me explicar esta leitura. Também li o Livro de Jó, li, reli e nunca fiz esta interpretação.

– Meu pai, eu estou sempre entre o riso de Demócrito e o pranto de Heráclito para entender o mundo. Quando lemos juntos este sermão do padre Vieira, o senhor me disse que a gente deveria escolher o riso ou o pranto. Mas, como? Se eles vêm sempre misturados?

– Não, meu filho, nisso você está enganado: o pranto nunca vem misturado com riso. É o riso que traz dentro de si a semente do pranto. O pranto jamais traz o riso. O mundo anda muito sem Deus. Um dia todas as guerras serão religiosas, como já aconteceu no passado. Quando não se põe Deus no mundo, não se pode entendê-lo e daí vêm as guerras. Você encontra numerosos exemplos ao redor de você para comprovar o que agora te digo. Não me refiro apenas às grandes guerras, mas a todas elas, inclusive esta que ora travamos você e eu.

A mãe veio chamá-los para o café. O dia ainda não tinha amanhecido. Uma orquestra que jamais ensaiava anunciava a nova manhã. Galos cantavam, perto e longe dali. Galinhas como que conversavam umas com as outras. Bezerros mugiam, pedindo as mães. Os porcos no chiqueiro estavam num grunhido só, amanheciam com fome. A potranca Mourinha relinchou, o cavalo Baio pastava em silêncio na grama ainda umedecida pelo orvalho. Barrabás concluiu que era bom viver ali, pelo menos passar as férias. Na semana seguinte voltaria ao seminário, aos colegas, à música, aos livros. O sonho seria prorrogado mais uma vez, mas ele tinha certeza de que se não desse, ainda assim ele faria, e jamais se renderia como seu pai se rendia às assustadoras situações que presenciava. De todo modo, como sempre fazia, de acordo com os ensinamentos dos padres, louvou e agradeceu ao Senhor: ele tinha pai! O pai estava ali, complexo e misterioso para o filho, mas estava ali. E aquela presença era muito importante.

Barrabás jamais imaginou que pudesse viver sem pai. E quando chegava ao limiar dessas reflexões, lembrava o quanto tinha sido dura a vida de seu pai sem o pai dele! O milagre era ter sobrevivido! Barrabás achava que, mesmo discordando tanto do pai, não podia imaginar a vida sem ele.

# 11

## AS COISAS VISTAS POR LALÁ

*Lalá sabe mais do que deixa transparecer a respeito de Barrabás: 'Sei que admira Goethe, a quem homenageia no livro que está escrevendo. Diz que não sabe de onde, nem quando, nem como, nem por que lhe veio o nome de Goethe para o romance. Mas sabe profundamente as razões que o levaram a mudar seu nome para Barrabás, que resumiu assim: 'crucificam primeiro os outros três, mas no fim também a mim'. Por não discriminar ninguém, não diz o crucificado, mas os crucificados, por considerá-los legião e por achar que mesmo no caso de Jesus foram três na mesma tarde da sexta-feira fatal, que não é justo lembrar de um apenas, por mais importante que seja, e esquecer todos os outros'.*

— Barrabás anda muito estranho. Eu o conheci num shopping na Barra da Tijuca, aqui no Rio. Comprou-me por duzentos reais. Foi amor à primeira vista. Chegou de São Paulo há alguma semanas, depois de lá viver por mais de vinte anos.

– Não sei o que o levou a sair de lá, sei apenas, pelo que fala ao telefone, pelo que escreve nas mensagens enviadas pela Internet, que anda confuso e desarrumado. Vejo-o feliz apenas quando fala com algumas pessoas, pois é homem de poucos amigos.

– Com nenhuma outra pessoa é mais feliz do que quando fala com uma mulher cujo nome raramente pronuncia inteiro, pois diz apenas queridinha Salô para saudá-la.

– A ela contou que anda muito preocupado com Quarto Crescente porque o amigo foi abandonado por Lua Nova, a sua ninfetinha. Dizem as más línguas, as que mais nos contam novidades, ainda que provavelmente inventadas, que a amada trocou o amado por uma amada, o que doeu em Quarto Crescente mais do que o abandono propriamente dito. Esta foi a dor que Quarto Crescente não conseguiu suportar, a maior de sua vida: um homem ser abandonado pela mulher amada dói demais, contudo ser trocado por um homem parece inserir-se no quadro geral dos abandonos, mas ser trocado por uma mulher é uma punhalada no coração do ex-marido.

– Pelos fragmentos do que sei, na virada do novo milênio sobreveio, não uma, mas um conjunto de traições na vida de Barrabás, contudo ele disse que isso aconteceu com muitos mais, em todos os níveis. Traições, decepções, dores. E que ele não é dos que mais sofrem. Dá como emblema dos desatinos a traição que seu editor sofreu de um dileto amigo, a quem protegeu e amou por quase quarenta anos e que o traiu pelo mesmo preço de todas as traições: trinta dinheiros. Por que homens, que todos reconhecem serem bons e justos, precisam sofrer tanto? Barrabás responde a esta pergunta pedindo a seus amigos que releiam o Livro de Jó, em que se prova não ser o sofrimento alcançável ao entendimento humano.

— Admiro sua força, a capacidade que tem de resistir e não entendo por que continua a acreditar em sentimentos que não deram certo, plantando sempre novas sementes das mesmas frágeis plantinhas.

— Levanta cedo, eu estou dormindo, pois passo as noites acordada, o que é próprio de minha condição, vai ao banheiro, ouço o barulhinho do mijo, da escova nos dentes, da gilete raspando o rosto, do banho, do roçar da toalha no corpo e vem à sala onde estou. E então ou liga a rádio Mec para ouvir músicas clássicas ou põe cedês com músicas semelhantes, sons bonitos e expressivos que dizem o que ele decerto não consegue dizer em palavras e depois disso acordes retumbantes ou sons cheios de toda calma e doçura enchem a casa. Apanha então os jornais sob a porta e vai lendo sem pressa.

— Depois disso, vai para a cozinha e repete os mesmos gestos de sempre, a rotina que lhe deve fazer muito bem, pois freqüentemente se gaba de sua única habilidade no fogão: faz um bom café, cujo aroma aprovo, embora jamais o tenha experimentado. Toma iogurte, suco, passa mel em pequenos pedaços de pão, às vezes faz um omelete, come um pouco de granola ou sucrilhos com leite, fuma um charuto pequeno e então imobiliza-se diante do computador e somente sai dali por volta das 13h.

— Retira-se para o quarto e quando volta está de terno e gravata, pronto para seu novo trabalho. Repete então os carinhos matinais que me deu ao acordar e diz baixinho: 'Lalá, minha querida, não fique triste, eu volto à noite, vou deixar a música ligada bem baixinho para você não se sentir muito só'. Me faz uns carinhos atrás da orelha e parte, depois de avisado pelo interfone que o táxi pedido chegou. Chego a me arrepiar pensando qual será o último dia desses carinhos. E se ele não voltar? Mas provavelmente partirei antes, é de minha inextirpável condição. Chinchila sou, nada do que é dos chinchilas me é estranho.

— Barrabás e eu nos damos muito bem, ambos gostamos dos respectivos silêncios. Uma vez por mês solto uns gemidos, a canção dos chinchilas, que no começo o deixou preocupado. Veio aflito ver o que eu tinha. Trocou a água, a comida, o forro da gaiola, deu-me alfafa, tirou-me do cárcere protetor dos fios que tem pela casa, pois eu os roeria a todos, deixando-o incomunicável, levou-me ao banheiro, onde providenciou-me o costumeiro banho em pó de mármore. Por fim, acariciando-me, proferiu palavras de consolo: 'não fique triste, Lalá, a vida tem suas complicações'. Mas quais?

— Sai feliz e bem disposto, mas parece outro homem quando volta de mais um dia. Quando a chave toca a fechadura, já posso adivinhar o que virá: um homem cansado, fundas olheiras, cabelos desgrenhados, arria o corpo e, antes ainda de tomar banho, liga a televisão. Naturalmente depois de me cumprimentar e perguntar se senti muito sua falta, porque ele sentiu a minha no trabalho: 'meu coração não é daqueles que latem, Lalá, meu coração no máximo dá uns miados, mas como um gato, a maior parte do tempo meu coração não fala; como você, adora o silêncio'.

– Posso resumir a vida dele: é um menino, o menino nele não morre, como já ouvi. Quando conversa com os ex-colegas de adolescência, que não vê senão raramente, fala de coisas que não fala com mais ninguém, diz o que não diz para ninguém mais.

– Às vezes canta pela casa, desafinado que só ele. Canta em latim, em alemão, em italiano, em espanhol, em inglês. Dizem que cantou muito para fazer a filha dormir, andando pela casa como um caminhante que precisasse cumprir extenso trajeto. Mas não o conheci nesses tempos passados que ele tanto celebra. Deve ter caminhado para acalentar a criança que um dia foi a moça que aparece em fotos por toda a casa. É a grande falta de sua vida, mas ele rendeu-se ao destino de qualquer pai, que cria a filha, não para si, mas para ela. E ela que se dê àquele por quem se apaixonar.

– Pois não é isto o que faz agora esta tal de Salomé que de vez em quando aparece por aqui? Estão apaixonados. Os dias mais felizes ele os passa com essa moça. E diz que teve um grande amor no passado, vivido em meio a vulcões e muitos incêndios da paixão, depois entretanto transformado numa admiração imortal pela outra, sobre a qual sempre cala, tornando-se chinchila sobre o assunto. Diz que é tema para mais adiante. Fala com a outra sempre com doçura, como se desculpando de ainda existir, de ainda complicar a sua vida e, por delicadeza, vai omitindo palavras e relatos que poderiam feri-la. Essa mulher é muito feliz e não sabe: que homem a trata assim? Que homem a ela se dedicou tanto, cedendo em tudo? Nenhum outro, nem seu próprio pai.

– Não sei o que será de Barrabás. Sei que admira Goethe, a quem homenageia no livro que está escrevendo. Diz que não sabe de onde, nem quando, nem como, nem por que lhe veio o nome de Goethe para o romance. Mas sabe profundamente as razões que o levaram a mudar seu nome para Barrabás, que resumiu assim: 'crucificam primeiro os outros três, mas no fim também a mim'. Por não discriminar ninguém, não diz o crucificado, mas os crucificados, por considerá-los legião e por achar que mesmo no caso de Jesus foram três na mesma tarde da sexta-feira fatal, que não é justo lembrar de um apenas, por mais importante que seja, e esquecer todos os outros.

– Morreram seus sonhos. Quando moço e rebelde empenhou-se numa revolução que jamais aconteceu. Sofreu muito, terá desistido? Um dia ia ficar responsável por Buenos Aires, hoje só vai lá de vez em quando, pagando passagem e estadia. Ele não terá pensado nisso que vou dizer, mas é uma verdade: revolucionário não paga nada! Revolucionário é como chinchila preso: trazem tudo na gaiola. Agora mesmo ele está aqui me dando comida, água e carinho.

– Barrabás fala muito das labaredas das paixões. Mas onde estão aquelas fogueiras que, se queimam, queimam de outro modo, sem labaredas, sem que ninguém as perceba, a não ser quando reveladas? Não foi assim com Lua Nova? Quem a via e quem a vê! Está agora feliz por amar enfim o amor que sempre procurou, cujo nome não podia pronunciar. Pois agora pode. Vivia com um homem e era infeliz. Vive com uma mulher e agora é feliz. Buscou a felicidade no lugar errado e não a encontrou. A vida lhe trouxe esse amor torto e ela não esconde que está muito contente. Os filhos que teve com Quarto Crescente e com Corsário haverão de sempre celebrar a coragem da mãe que por duas vezes na vida rompeu com tudo. Preciso me calar sobre estes temas. Para uma chinchila, estou falando demais. Afinal, sou casta.

# 12

## ESCORPIÕES NO CONFESSIONÁRIO

*Labíolo, um prefeito corrupto, pouco antes de ser executado por ex-aliado a quem traiu, é ouvido em confissão por padre Clemente. O pároco destila estranha teologia, acompanhada de alguns palavrões: 'Deus é clemente e misericordioso, refletiu padre Clemente, mas alguns pagam aqui. Não fosse o segredo de confissão, esse filho da puta ia ver o que é bom pra tosse: eu ia fazer ele pagar pelo que fez'. E depois de explicar a parábola dos juízes corruptos, que tentaram seduzir e depois caluniaram a casta Suzana, salva pelo profeta Daniel, diz ao prefeito: 'Ignaro e néscio, você não sabe grego, mas lentisco em grego é* schinos, *que significa também cortar ao meio, partir, e Daniel disse* Aggelos schisei, *isto é, o mensageiro te partirá ao meio'.*

Dante colocou seus inimigos no Inferno. Os contemporâneos do poeta que leram a *Divina Comédia* podiam reconhecer as personagens: estavam no poema e na vida cotidiana. Michelangelo fez coisa semelhante com sua pintura. Está lá ele para sempre no afresco do *Juízo Final*, representando a si mesmo.

Todavia ainda não posso revelar claramente como as coisas se passaram. Admiro Dante, mas meu modelo é Goethe, embora não escreva como ele e principalmente viva em outro tempo, em outro país, sujeito a atrapalhos que nem de longe afligiam o alemão.

Todavia é preciso que lhes narre os dramáticos e trágicos eventos que então se sucederam, de que soube por notícias vagas, imprecisas, sigilosas, que me chegaram por conversas esparsas, telefonemas cautelosos, mensagens cifradas na Internet, o que me levou a perquirir por métodos lícitos e trabalhosos, empregados com os devidos cuidados, que me levaram a ter certeza do que aqui vai narrado, mas que me deram muito trabalho, além de noites de sono perdido e madrugadas antecipadas.

Tal como se disse no capítulo sete, o do amor proibido, aquelas coisas aconteceram em algum lugar do Brasil meridional cujo nome não posso esquecer, mas também não posso ainda revelar. Mudando de lugar, estas de agora ocorreram numa progressista hinterlândia, de difícil identificação. Apesar de muito semelhante a várias outras cidades, esta tinha suas singularidades insólitas, entre as quais estavam as mortes que a seguir são contadas.

O maior espanto deu-se ao amanhecer. O cadáver do prefeito Labíolo apareceu boiando no lago. Quem primeiro deu a notícia foi um repórter policial, sempre atento a todas as desgraças. Todos souberam da tragédia quase ao mesmo tempo que os ouvintes da rádio Progresso, não fosse o muxoxo irritado de uma das mulheres encarregadas de fazer o cafezinho, que antecipou a notícia bem antes de ela sair no rádio: 'aquele filho da puta enfim pagou pelo que fez'.

Mas o que ele tinha feito? Ninguém podia provar nada e este era seu grande trunfo. Nisso fora eficiente: sabia encobrir seus rastros. E quando alguém ameaçava revelar algo, inexplicavelmente aparecia morto. Repetia-se assim o mesmo método que a imprensa estava cansada de noticiar em casos semelhantes. Nem bem a vítima partia desta para melhor e outros a acompanhavam, desaparecendo igualmente em mortes misteriosas.

Mas o que o prefeito Labíolo fizera que tinha que pagar? E por que era um filho da puta?

O dia estava começando e as explicações se elevariam com o Sol. Não temos idéia de como as notícias chegam, só sabemos por números que atestam terem elas chegado a milhares de pessoas em tais e quais lugares, que por amostra são resumidos em poucas referências, à base das percentagens.

Naquela cidade, os lares ouviam a mesma rádio todas as manhãs. Não era a única da cidade, mas era a única que tinha um programa de jornalismo. Todos ali começavam o dia com ela.

E foi assim que padre Clemente soube da morte do prefeito Labíolo, na voz de Ulpiniano, o dono da própria emissora, a rádio Progresso, que começou o dia assim:

– Acontece cada uma! O prefeito Labíolo morreu afogado na represa esta manhã. Nosso repórter especial, o

Emílio, que todos conhecem, a mãe dele cumpre pena de prisão em Araras, a coitada, depois de ter matado o marido, um bêbado sem-vergonha, que chegava toda noite de porre e batia nela sem dó, tendo certa vez acertado a cabeça do Emílio, quando este era bebê, o que deixou ele meio tantã por uns tempos, mas já melhorou, já melhorou, prezados ouvintes, faz tempo que melhorou, aliás, pelo menos quando começou a trabalhar aqui na rádio já tinha melhorado, mas diga, Emílio, como é que o prefeito Labíolo se afogou, ele não sabia nadar?

– Ulpiniano, seu filho duma égua, para me pôr no ar você não precisa me esculhambar, me chamando de doido, filho de assassina e de bêbado. E tem mais: atire a primeira pedra quem não tiver pecado, você sabe qual é o prontuário dos que trabalham na imprensa? Criticam a todos, mas eles, quem são? O que já fizeram? Por que não noticiam a si mesmos, principalmente quem, como você, é dono de rádio? Por que não conta que deu as calças para o Antônio Carlos Magalhães para ter essa rádio quando ele era ministro do José Sarney?

– Desculpem, prezados ouvintes, a língua de trapo desse cretino. Hoje ainda não posso demitir ele porque até o Ney faltou. O Ney está com uma febre danada, há uma epidemia de dengue na cidade e no município, também é uma sujeira por tudo, pneus velhos cheios de água parada, coisa de louco, ou melhor, de prefeito Labíolo relaxado que só pensa em encher o bolso, o dele e de sua corriola. Emílio (quase gritando), estamos no ar, viu, seu cretino? Trabalhe direitinho para ver se você se recupera e este não fique sendo o teu último dia de trabalho.

— Pagando o fundo de garantia e todo o resto que me asseguram as leis, pode me demitir, mas então eu deixo o microfone agora.

— Pára com isso, Emílio, faça-me o favor!

— Paro, mas espero que o Domingos, delegado de trabalho e dono do bordel, esteja ouvindo este programa porque você é bem capaz de surrupiar a gravação e dar por extraviada, fugindo ao Dentel, como fez naqueles casos que eu sei, ah, sei, como sei.

O programa foi interrompido e entrou *O Cálix Bento*, na voz bela e forte de Milton Nascimento: *Oh Deus salve o oratório/ Oh Deus salve o oratório/ Onde Deus fez a morada, oiá, meu Deus/ Onde Deus fez a morada, oiá/ Onde mora o Calix Bento/ Onde mora o Calix Bento/ E a hóstia consagrada, oiá, meu Deus/ E a hóstia consagrada, oiá.*

Eram versos folclóricos de uma região distante dali, cujo mérito por serem tão conhecidos de todos os brasileiros era do compositor Tavinho Moura, que os adaptara.

Por sutis coincidências, na linha do dito de Salvador Dali e de outros surrealistas, que asseguram ter o acaso suas leis, que entretanto desconhecemos, Bentão, o vereador mais votado do município, que em vez de benzido deveria ser exorcizado, pois sozinho valia por uma câmara inteira, também ouvia o rádio enquanto fazia a barba. Era dado como prova viva de que pelo menos uma coisa o golpe de 1964 tinha acertado: ele tinha sido cassado por corrupção. E jamais negara o motivo, num rasgo de sinceridade que entretanto incomodava muito os outros, e décadas mais tarde seria muito repetido; 'eu fiz o que todos sempre fizeram e continuam fazendo'.

Padre Clemente preparava-se para rezar a missa matinal. Bentão fazia a barba. O programa voltou ao ar depois que, pelo celular, Ulpiniano falou com Emílio. Falou apoplético, quase tendo um infarto. Emílio limitou-se a dizer por fim 'desculpe aí, chefe, vamos continuar com a reportagem, o senhor pode contar comigo'.

E Ulpiniano voltou ao ar como se nada tivesse acontecido entre ele e o empregado, depois dos ouvintes apreciarem os versos finais de *Cálix Bento: De Jessé nasceu a vara/ De Jessé nasceu a vara/ E da vara nasceu a flor, oiá, meu Deus/ Da vara nasceu a flor, oiá/ E da flor nasceu Maria/ E da flor nasceu Maria/ De Maria o Salvador, oiá, meu Deus/ De Maria o Salvador, oiá.*

As más línguas diziam que da vara de padre Clemente nada nasceria porque ele só a colocava em lugar onde não nasce nada, e nem se podia dizer que descumpria a natureza, pois o celibato obrigatório lhe impedia que tivesse filhos, assim ia apagando o fogo da libido, que em todos se alastra, do melhor modo que podia e com toda a discrição. Os meninos não apanhavam mais moranguinhos no fundo do quintal, coçavam os morangos mofados do próprio padre, leitor e admirador de Caio Fernando Abreu, a quem considerava um dos melhores escritores brasileiros.

– Diz aí, Emílio, continuava Ulpiniano –, como foi o afogamento dele?

– Olha, patrão e prezados ouvintes, ele não morreu afogado, não.

Padre Clemente continuou a paramentar-se, pois levara o rádio para a sacristia. Nenhum prefeito Labíolo tinha morrido afogado nas mãos dele, de afogado só o ganso que ele executara ao acordar, fazendo justiça com as próprias mãos, pois a ave amanhecia em brasa viva todas as madrugadas.

Em alto e bom som o rádio seguia com o noticiário. As pilhas novas tinham sido compradas pelo jardineiro da paróquia, que dissera: 'comprei pilha amarela, que tem notícia e música moderna; azul, eu só compro pro rádio lá de casa, que só dá notícia de polícia e toca música caipira, e o padre não gosta'. O padre dissera na ocasião:

– No Brasil, a superstição já se misturou com a técnica, daqui a pouco tem pai de santo tirando a sorte pelo computador e cigana lendo a mão com *scanner*. O pobre homem acha que a programação está nas pilhas, não na emissora.

A missa era para poucos, apenas umas velhas carolas e fofoqueiras vinham todas as manhãs, não por devoção, mas por nada terem o que fazer em casa. Morando com os filhos casados, as noras agradeciam aquele momento de penitência para as sogras e de descanso para elas.

– Deus é clemente e misericordioso, refletiu padre Clemente –, mas alguns pagam aqui. Não fosse o segredo de confissão, esse filho da puta ia ver o que é bom pra tosse: eu ia fazer ele pagar pelo que fez.

Dito o que terminou de paramentar-se, pôs alva, amarrou a cintura com o cordão e dirigu-se ao confessionário. As beatas queriam confessar-se todos os dias. Pecadilhos de nada. Por pecados muito maiores, há um famoso lugar em Londres com este nome. Os padres jesuítas espanhóis queriam saber de pecados solares da vida econômica e política do maior império do mundo e, inconformados, ficavam ouvindo as inventivas e pouco ortodoxas práticas luxuriosas dos penitentes. A cada pecado cabeludo, diziam apenas este é um pecadilho, quais são os outros? E a praça ganhou o nome de pecadilho, em inglês Piccadilly.

Semelhando antigos confitentes ingleses, aquelas beatas nada teriam de relevante para contar. Não eram como o prefeito Labíolo, que raramente se confessava, mas cujos relatos padre Clemente retinha na memória para sempre. Na última vez, porém, mais do que falar, o prefeito Labíolo ouvira. Confessado o maior pecado, padre Clemente lembrara-lhe na ocasião:

– Sua sorte é que o senhor vive no meio de burros que, conquanto doutores em tantas coisas, são uns tapados para a vida. O senhor vai acusando seus desafetos, caluniando a muitos, inventa essas sindicâncias mentirosas, e não há em todos os processos um único advogado que tenha solicitado, em nome dos acusados, que os acusadores fossem ouvidos em separado e simultaneamente, em procedimentos simplórios, como aquele adotado pelo profeta Daniel quando era ainda um adolescente.

O prefeito Labíolo não lia a Bíblia, aliás não lia livro nenhum, lia apenas a *Folha de S. Paulo*, seu diário oficial, e por isso não entendeu. Estava em confissão. Nem pediu que o padre lhe contasse o trecho, mas o pároco achou melhor enfiar aquela verdade nos ouvidos do penitente, resumindo assim o episódio bíblico para ele:

– Dois velhos tarados iam todos os dias à casa de um judeu muito rico chamado Joaquim, quando o povo escolhido estava no cativeiro da Babilônia.

O prefeito Labíolo ficara ainda mais confuso. A única Babilônia que ele conhecia era nome de um bairro.

O padre continuou:

— Eles iam lá, simulando visita de cortesia, só para ver a bela e casta Suzana, a mulher do ricaço, que era lindíssima e desejada pelos dois, que entretanto, além de muito feios e indecentes, não contavam com a virtude da mulher.

Padre Clemente, sempre que podia, alongava os episódios bíblicos, pois achava os prolixos narradores do Livro Sagrado muito lacônicos para o gosto dele. Em nenhum momento, a Bíblia diz que os anciãos eram feios, mesmo porque há certo respeito reverencial pela velhice na Bíblia, talvez porque, sendo coleta de memórias ancestrais, o conteúdo tenha sido passado por idosos.

Mas padre Clemente se soltava com gosto:

— Um dia, ao saírem da casa de Joaquim, depois de lauta comilança, voltaram do meio do caminho e sem combinarem retornaram os dois à residência de Joaquim. Era o meio da tarde e, sendo o dia muito quente, Suzana caminhava para a beira do laguinho, no jardim da casa, para se refrescar. Não querendo ficar pelada perto das duas criadas que a acompanhavam com cremes, protetores de sol e outros cuidados que toda mulher deve ter quando faz essas coisas — de novo padre Clemente alongando o texto bíblico — ela mandou que a dupla se escafedesse dali e fosse buscar outras especiarias para a dondoca — de novo padre Clemente, já irritado, usando palavras que a Bíblia não usava. Nem bem as duas saíram, os dois vagabundos — pronto: padre Clemente antecipava os julgamentos — que estavam escondidos, entraram por uma porta lateral e, saindo do esconderijo onde se homiziavam, disseram para Suzana: 'ou dá ou desce'.

– Se ela não consentisse com seus libidinosos intentos, eles a denunciariam ao marido e ela morreria. Os dois eram juízes, a voz deles tinha peso.

Suzana entretanto começou a gritar. Assustados com a reação dela, eles gritaram também, mas um deles, mais cuidadoso, abriu o portão do jardim.

Assim, quando os criados vieram acudi-la, um dos velhos tarados disse: vimos o portão do pomar aberto e, ouvindo gemidos e ganidos de cachorro, mas eram apenas esta cadela e o cadelão que ela recebia – de novo padre Clemente com seu vulcânico vocabulário, leitor que era de Nelson Rodrigues – que estavam na maior gritaria.

– Levada a julgamento, ela não disse uma única palavra porque sabia que seriam todas inúteis.

– Cumpridos os ritos judicantes, foi condenada por ter prevaricado com o cadelão, que entretanto não foi encontrado.

– Mas então um adolescente de nome Daniel chamou todo mundo de bobo e exigiu que lhe fosse dado o direito de interrogar os acusadores em separado. A um dirigiu-se assim: (o prefeito Labíolo não gostava de ouvir outra coisa que não fosse política, dava sono, e por isso já estava cochilando quando padre Clemente caminhava para o fim de seu relato): 'escuta aqui, seu cretino, o mal que se faz para um inocente tem dois caminhos, viu, o da ida e o da volta, embora o inocente raramente seja beneficiado pela volta, pois às vezes já morreu, o culpado paga pelo que fez; me diga, filho duma égua, velho tarado e mentiroso, de que adiantaria ela ceder se você é um pica de pano, você disse que ela molhou o biscoito do cadelão na sua chicrona bonita debaixo de uma árvore; eu só te pergunto uma coisa, cabeça-de-burro, e nem importa a resposta, porque sei que vai ser errada, mas tenho o dever de perguntar e você o de responder, me diga logo, então, Suzana deu pro Cadelão embaixo de que árvore?'

– 'De um lentisco', disse o matusalém sem-vergonha.
– 'O Anjo do Senhor te partirá ao meio', disse Daniel.

E enfim padre Clemente viu que o prefeito Labíolo dormia e, para acordá-lo, experimentou ofendê-lo, convicto de que entretanto dizia o que todo mundo reconhecia, isto é, que o prefeito Labíolo para burro só lhe faltavam as penas, aliás, nem essas porque ele era um burro enfeitado de pavão: 'Prefeito Labíolo ignaro e néscio, você não sabe grego, mas lentisco em grego é *schinos*, cortar ao meio, partir, e Daniel disse *Aggelos schisei*, isto é, o mensageiro te partirá ao meio'.

– Fechou o primeiro interrogado e foi fazer a mesma pergunta ao outro. 'Debaixo de um carvalho', ele disse. – E Daniel retrucou que o peso do carvalho ele ia sentir sobre a sua cabeça, quando o Anjo do Senhor baixasse o pau, isto é, o roble (mais uma livre adaptação de padre Clemente) no lombo dele.

Foi então que o prefeito Labíolo acordou.

# 13

## MEMORIAL DE ANTIGAS CONFISSÕES

*Padre Clemente, depois de fixar as diferenças entre a confissão antiga e a atual, explica a Barrabás que antigos frades enchiam as pobres bichas de porradas e cotovelaços, elas saíam da confissão de olho roxo, e o pior é que algumas gostavam e passavam a confessar-se com mais freqüência, mas no caso de fêmeas muito belas, o confessor começava levantando a batina e dizia 'minha filha, conta aqui pro titio, para que eu possa aspergi-la com o bálsamo da clemência os terríveis pecados que você fez com o sacripanta do teu cunhado', e ela começava a afogar o ganso do confessor, cavalgá-lo como se fosse um mulo ou enchê-lo de tapas como se fosse seu filho, os que aguardavam a confissão pensavam que o padre estava batendo na pecadora, mas não do modo e pelos motivos que eles imaginavam.*

Padre Clemente contara a Barrabás, de quem era amigo, que despachou o prefeito Labíolo sem absolvê-lo porque ele dormira durante as admoestações para não mais pecar.

– Que admoestações, padre Clemente? O senhor estava contando uma história...

– Ué, o código de direito canônico não proíbe as reprimendas em metáforas, pois autoriza até cascudos nos penitentes.

– É mesmo?

Padre Clemente gostava de alastrar-se nesses assuntos:

– Na Idade Média o confessor abria a portinhola e enchia de xingamentos e porradas os confitentes, principalmente se fossem mulheres, secularmente acostumadas a apanhar de pais, irmãos, maridos, patrões, nessa ordem, gritando impropérios: 'sem-vergonha, isto é coisa que se faça com Jesus Cristo, que morreu crucificado e derramou seu sangue para lavar teus pecados, nem o sangue do próprio Deus é detergente suficiente para limpar esta tua alma imunda, sua sacripanta'.

– Mas os confessores batiam em mulheres indefesas?

– Quem te disse que mulher é indefesa, já viu Demônio indefeso?

– Mas batiam em todas?

– Claro que não, só nas feias, quem tem coragem de bater numa mulher bonita e gostosa, cheirosinha, recendendo a luxúria ali por detrás da treliça?

– Padre Clemente, sejamos francos, o senhor nem gosta tanto assim de mulher.

– Claro que não, mas nem por isso fico enchendo elas de porrada, estou falando de padres medievais, ensinados a odiar as mulheres.

– E odiavam a todas?

– Claro que não, só as muito feias, as horrorosas.
– E as outras?
– As belas?
– É, as belas.
– Ah, eles as ouviam em confissão com mais freqüência, a beleza e a verdade são flores de um mesmo talo e é preciso regá-las todos os dias, porque se uma fica feia, a outra fica mentirosa, e vice-versa, então, ao ouvirem os pecados contra a castidade, eles, instruídos por catecismos que só podem ter sido escritos por velhos tarados, faziam perguntas minuciosas sobre cada gesto, cada sussurro, cada palavra, cada gemido, tudo. E perguntavam se tinha sido no claro ou no escuro, com roupa ou sem roupa, dentro ou fora de casa, as posições, se houvera pecado nefando, caso em que eles se excitavam ainda mais, pois o pecado nefando, mesmo quando apenas narrado excita em nós todos os vulcões, já que dispensa a creche Herodes, onde os filhos não dão problema, pois o padroeiro liquida não apenas os problemas, mas também a sua fonte, degolando o mal pela raiz, o pecado nefando enfim tem o condão de evitar os filhos, esses bens dispensáveis que outrem considerou males necessários, só se for apenas para perpetuar a espécie, mas daí basta um, não precisa atulhar o mundo de gente, não é mesmo?
– Sim, sim, mas então como procediam os frades ao ouvirem da boca daquelas bonitas confitentes os pecados contra a castidade?
– Ah, assim, a boca, ia esquecendo, a boca, entrevista pela treliça, qual burca para os lábios, compunha o maior fetiche de todos os tempos, que só quem já foi padre e viu as coisas de dentro da casinha pode imaginar, aquele vulto narrando pecados...

E padre Clemente suspirou fundo, continuando:

– Neste caso, o confessor abria a portinhola e dizia 'minha filha querida, vem aqui contar pro titio como foi mesmo que você pecou contra a castidade com aquele outro sem-vergonha'.

– Titio? Mas não era papai?

– Que importância tem? Os dois não são irmãos, não são da mesma família? Não vê que é modo de dizer e, além do mais, você não me disse que o título do seu novo romance é *Meu tio era filho único*? A Igreja já encomendara a um carpinteiro medieval um móvel que separasse confitente e confessor porque, ao revelar os pecados mais cabeludos a mulher se atirava nos braços do confessor e entre choros, gritos, lágrimas e ganidos agarrava-se a ele pedindo clemência e misericórdia, e desses agarros nasciam pecados bem maiores do que aqueles que ela tinha confessado.

– Me disseram que marmanjos também faziam o mesmo.

– É verdade, faziam, mas só alguns e só com alguns frades entendidos, os outros enchiam as pobres bichas de porradas e cotoveladas, elas saíam da confissão de olho roxo, e o pior é que algumas gostavam e passavam a confessar-se com mais freqüência, mas no caso de fêmeas muito belas, o confessor começava levantando a batina e dizia 'minha filha, conta aqui pro titio, para que eu possa aspergi-la com o bálsamo da clemência os terríveis pecados que você fez com o sacripanta do teu cunhado', e ela começava a afogar o ganso do confessor, cavalgá-lo como se fosse um mulo ou enchê-lo de tapas como se fosse seu filho, os que aguardavam a confissão pensavam que o padre estava batendo na pecadora, mas não do modo e pelos motivos que eles imaginavam.

# 14

## DESDOBRAMENTOS DA MORTE

*No velório do prefeito Labíolo, o povo fica sabendo que quem o matou foi Walpurgo, por motivos dos quais todos desconfiavam.*

Como disse, os relatos me chegaram de diversos modos. Eu, Barrabás, sou quem os assino, aqui disfarçado de um dos seres que em mim habitam, pois também eu sou Legião, para poder me defender da vida, perambulando como o camaleão na selva hostil onde me encontro na metade da vida, pois a velhice não tem mais por marco os bíblicos setenta anos, como tinha no tempo de Dante.

O repórter Emílio foi o primeiro a ver o corpo inerme do prefeito Labíolo e atestar que ele não morrera afogado. Feita a necropsia, conversou com o legista e informou aos distintos ouvintes que o cadáver tinha dois tiros nos ouvidos – por ironia o executor aproveitara os buracos – dois no peito, um bem em cima do coração, disparado em certeira pontaria de profissional, e um em cada mão. O assassino descarregara a arma, o que evidenciava que o executara com ódio, como concluiu o legista:

– O cara veio para matar e não deixar modos de o sujeito sobreviver, e ainda o atirou na água.

Emílio chegou ao Café Teresona e pediu um pingado. Todos bebiam em pé, não havia ali um único banco. Pobre, mal vestido, cheirando mal, desagradável quando chegava perto, pois fedia, nem assim afastava os interessados nas novidades, que sabiam que ele sabia de tudo. E o pobre homem fazia suspense, era sua única vantagem sobre aqueles senhores bem vestidos que tanto precisavam dele.

– E daí, Emílio, você viu o corpo dele?, foi perguntando à queima-roupa um vendedor de quinquilharias importadas que antes vinham do Paraguai e agora da China.

– Vi, disse Emílio –, voltei do necrotério agora.

– A polícia já tem suspeitos?

– A polícia sempre tem suspeitos, a polícia tem os suspeitos de sempre, mas desta vez não cola. Foi coisa de profissional. Eu, pra mim, o cara que matou foi contratado a peso de ouro, fez o serviço, recebeu e foi embora.

– Mas eu ouvi dizer, disse um taxista –, que foi crime passional.

Ninguém lhe deu importância.

– Foi crime passional, sim, eu sei, quem me contou sabia das coisas, foi crime passional. Paixão por dinheiro, disse Emílio. – Você acha que esse cara tinha sido eleito se não recebesse ajuda de empresários? E vocês já viram empresário caridoso, que dá aos pobres de espírito como se emprestasse a Deus? Empresário quer retorno de investimento. Dá dinheiro pra campanha, dá por debaixo do pano, como todo mundo faz, não quer recibo, nada, só quer receber pelo menos o dobro e rapidinho. Isso, aqui, numa cidade pequena, quanto maior a cidade, maiores as exigências, maiores os valores, evidentemente.

– Mas por que o mataram, então?

– Ah, vai demorar a ser esclarecida esta morte, se um dia o for, disse, meio enigmático, Emílio.

– Mas parece que ele andava extorquindo um empresário.

– O prefeito Labíolo extorquindo um empresário? Mas não deveria ser o contrário?

– Deveria, mas parece que não foi. Ele é quem extorquia o empresário, que cansou e mandou matá-lo. Não tanto para se livrar dele, mas por investimento, para evitar que no futuro outros fizessem o mesmo.

Dali quase todos saíram para o velório, que seria na câmara. Todos os outros mortos daquele dia estavam sendo velados em pequenas capelas ao lado do cemitério, mas, sendo político, o prefeito Labíolo foi velado num dos grandes salões da câmara dos vereadores.

Quarto Crescente, já solteiro, pois acabara de abandonar sua ninfetinha, achegou-se ao grupinho que comentava os supostos motivos do crime misterioso. Era advogado e tinha experiência com o lado podre da vida. Aliás, não deixava de proclamar que o exercício da profissão lhe ensinara muitas coisas sobre a hipocrisia e a baixeza da espécie humana.

Emílio aproximou-se dele:

– E então? O que é que houve? Foi crime de mando mesmo?

— Ah, foi, claro. Alguém não pagou o que devia. Ou o outro quis mais. Políticos como esses só brigam por dinheiro. Para brigar por idéias é preciso tê-las. E nenhum néscio dá um golpe e fica cheio de idéias da noite para o dia.

O cortejo tomou o rumo do cemitério. Na primeira quadra, a companheirada do morto quando vivo já mudava de opinião e arriscava alguma crítica, como que sondando a receptividade entre os presentes. Mas ninguém lhes dava a menor atenção.

E pouco tempo depois o caso estava arquivado, de onde um dia poderia ou não ser exumado para que peritos deslindassem o modo como o empresário conhecido como Walpurgo da Silva executou pessoalmente o prefeito Labíolo à beira do lago, jogando-o na água depois.

Deu-se assim. Os dois combinaram por telefone que o encontro seria feito no bosque à beira do lago, protegidos pela noite.

Não precisaram disfarçar tanto. Walpurgo foi buscar o prefeito Labíolo em casa. Encostou o carro em frente da casa do maioral, que morava num condomínio previsto para quarenta casas, mas ainda pouco habitado.

Trocaram poucas palavras até o bosque. Pareciam falar em código:

— Conversou com eles?, perguntou Walpurgo.

— Conversei, mas tá difícil, esse dinheiro pode vir mais adiante, é preciso trazê-lo do exterior.

— Desembucha logo! Exterior o quê? Está aqui no Brasil. Eu sei onde está!, berrou Walpurgo.

O pescoço de Walpurgo engrossara de repente e ele estava muito vermelho quando desceram do carro, uma picape marrom. Depois de reiteradas declarações de que o dinheiro seria entregue, sim, mas dali a algum tempo, foi Walpurgo quem desembuchou de um jato só:

– Eu conheço o método de vocês. Vocês não são os primeiros com quem negocio. Não vou dizer que todo prefeito é ladrão, não. Houve prefeitos que não roubaram, outros roubaram por eles. Em alguns casos não se tem certeza de que eles soubessem o que faziam seus subordinados. Em outros, se tem certeza de que os mandantes eram eles. Mas sabe de uma coisa? Vou te dizer: vocês me surpreenderam. Porque prometeram ética, limpeza, mas trabalham e vivem num lodaçal. Vocês têm sorte: quem descobre a verdadeira face de vocês, de vocês se afasta para nunca mais. Menos aqueles que vocês, muito desconfiados, mandaram matar ou, usando outros métodos, silenciaram. Chegaram ao poder parecendo virgens que entravam num bordel. Mas eram todos putas velhas e esperavam apenas a ocasião. Caráter é coisa que não se aprende. O sujeito tem ou não tem. Eu sei que não ajo corretamente, acho que todos sabem que eu não ajo, mas eu tenho meus princípios, entre os quais está o de não trair os amigos, os aliados, as pessoas que me ajudaram sem saber em que terreno perigoso pisavam, todas pessoas simples, bem intencionadas, cuja boa-fé me foi de muita valia. Mas vocês, não. Vocês usam as pessoas e depois jogam elas no lixo, como se faz com o papel com que limpam a bunda. Ou jogam diretamente no vaso e puxam a descarga.

– Que é que é isso?, perguntou o prefeito Labíolo. – Não fala assim, não, o dinheiro virá, é questão de tempo.

– Sabe de uma coisa?, disse Walpurgo –, não quero mais esse dinheiro, não, já me conformei, vou perder mesmo, já perdi, nunca peguei dinheiro pra mim, esse dinheiro era meu, eu ganhei com muito sacrifício, pagando essa enxurrada de impostos, taxas e, ainda por cima, precisei comprar vocês, dar dinheiro para a campanha, sem poder declarar as quantias. Sei que estava errado, sempre soube, eu também tenho vivido na lama, mas com uma diferença: minhas empresas dão emprego, dão trabalho, recolhem impostos, muitos dependem de mim. O que te acontecer, seu pilantra sem-vergonha, servirá de exemplo ou de aviso para a tua turma. Vocês se meteram entre aqueles que realmente queriam mudar o Brasil e se aproveitando deles mudaram apenas a vida de vocês.

O prefeito Labíolo estava de costas e quando Walpurgo disse 'escuta aqui...', com que iniciaria mais um caudal de diatribes e xingamentos, ele se virou e só pôde arregalar bem os olhos, assustadíssimo, embora pouco soubesse da arma com silenciador que Walpurgo tinha nas mãos. Com o cano no ouvido, já se mijando todo, suplicou:

– Que é que é isso, você não pode...

Não teve tempo de terminar a frase. O primeiro tiro entrou pelo ouvido direito. Já caído, recebeu todos os outros.

Walpurgo era grande e forte. Tomou o corpo do prefeito Labíolo nos braços, teria dado uma boa foto sob a luz fraca do poste, e deixou que o cadáver escorregasse devagarinho água adentro.

# 15

## SONHO INTERROMPIDO

*De Barrabás para Zé Plebeu: — Qual a diferença entre Napoleão e o bandido que está lá no famigerado regime disciplinar diferenciado, apodrecendo numa solitária? É que aquele bandido ainda não chegou ao poder. Napoleão também ficou num regime disciplinar diferenciado na Ilha de Santa Helena, não ficou? Me fascina este lado ético e estético do crime, que em alguns casos existe, segundo me contaram advogados criminalistas cujos juízos muito respeito: um sujeito, só por maldade, inferniza a vida de uma pessoa inocente. Na planície, nada lhe acontece. Pode contratar um advogado, mas não são só os prefeitos que foram corrompidos, o Brasil inteiro apodreceu, é muito difícil obter a justiça sem dinheiro, para não dizer impossível. Então, um sujeito do Mal, de braço armado para o que der e vier, não suporta certos níveis do Mal, como no* Grande Sertão: Veredas, *entende, e vai lá e mata o cretino maldoso que está infernizando o inocente.*

José Plebeu desceu do táxi bem em frente do restaurante indicado, no Itanhangá, nas cercanias da Barra da Tijuca.

Barrabás parecia feliz. Gostava muito de conversar com os amigos e aquele era o líder da confraria que ele tanto apreciava. Todos tinham sido meninos juntos, todos tinham sido expulsos do seminário, todos tinham sido presos ou perseguidos pela ditadura militar. Dos sete, um morrera há poucos anos por força das seqüelas da tortura durante os interrogatórios feitos na década de 1970.

— Me contaram que você está escrevendo um romance que se chama *Goethe e Barrabás*. Eu já sei que Barrabás é você, claro, porque Goethe você não é. Olha, não sou ninguém para te dar conselhos, não, mas mude o título, se quiser ter leitores.

Barrabás olhou com doçura para o amigo de tantos anos. E, parecendo trocar de assunto, disse:

— Não é o homem que ama a mulher, quem ama a mulher é o menino que há no homem, porque o amor é uma brincadeira, um prazer, uma alegria de viver.

Eram falas fragmentadas aquelas, que poucos entendiam, talvez apenas os membros da confraria que eles tinham fundado em Florianópolis para, a pretexto de recordar os verdes anos que juntos tinham vivido, preservá-los ou, quem sabe, cuidar daquele patrimônio, que era somente deles e do qual ninguém mais cuidaria.

— Não vou mudar título nenhum, disse Barrabás. — Quem quiser ler, que o leia. A mim basta o prazer de escrever, que divido com quem quiser, mas sem obrigar ninguém a ler o que escrevo.

– Pô, Bar, eu fabrico massas, pizzas, comida, entende? Se ninguém comprar, estraga, me dá um prejuízo danado, demito pessoas, mais de trezentas famílias dependem de minha fábrica, você entende? Eu acho que com os livros dá-se coisa parecida. Se teu livro não vender, em algum lugar alguém perde o emprego, pense nisso.

O garçom William veio oferecer a carta de vinhos. José Plebeu adiantou-se, sem olhar a carta:

– Traga um Marquês de Riscal. Tinto, naturalmente.

William disse a Barrabás:

– Este sabe o vinho que o senhor gosta.

– Este sabe que eu gosto também de torresmos, disse Barrabás –, este sabe de quase tudo o que eu gosto.

William retirou-se. José Plebeu olhava para Barrabás querendo entender o amigo. Na mesa ao lado pensaram que eles fossem dois gueis, afinal o Rio era reconhecido como a cidade brasileira que melhor acolhia os gueis.

– O que é que você gosta e eu não sei?, perguntou Zé Plebeu.

– Gosto de não vender, disse Barrabás.

– Você gosta de não vender?

– Não é bem isso, é que não me interesso por vendas, não quero vender nada. Agnóstico é quem não tá nem aí para a religião, não é?

José Plebeu concordou com a cabeça, acrescentando:

– É isso mesmo, para quem é agnóstico, se Deus existe ou não, não faz diferença, não é uma questão que os preocupe.

– Pois é, disse Barrabás –, sou um agnóstico da única religião dominante hoje no mundo, o comércio, está tudo à venda.

O garçom trouxe o vinho, Bar deu o primeiro gole:
— Vinho delicioso, não? Está tudo à venda e eu não quero comprar nada, a não ser o estritamente necessário para viver, que a gente precisa comprar todos os dias, incluindo os livros, naturalmente.
— Mas você não precisa mais comprar livros, já tem uma porção.
— Tenho mais livros do que você tem uísques em tua casa em Florianópolis, que coleção mais bonita de litros naquela sala! Mas deixei quase todos na outra casa. Minha biblioteca aqui no Rio tem apenas mil livros, e assim mesmo tenho mais do que tinham os homens do Renascimento. Poucos tinham mais do que algumas dezenas de livros, como você sabe.
— E o romance, como vai? Sei que é difícil, mas resuma para mim.
— Barrabás se recorda, poderia ser o título. É um romance quase sem tramas. Mas tramas para quê? Barrabás, um cinqüentão, se apaixona por Salomé, aquela moça de que te falei. Vê desolado que os antigos ideais foram maculados, que em nome deles se faz todo tipo de falcatrua. Jamais admitiu, como admitiam com convicção muitos de seus conhecidos e companheiros de jornada, que pequenas falcatruas poderiam ser legítimas, desde que usadas para combater o mal maior, a grande falcatrua que é o capitalismo. Mas quando vê que, no poder, os antigos colegas de luta se comportam ainda pior do que aqueles que juntos tinham combatido, deserda.
— Mas que faz esta Salomé no romance?
— Nada. Ama Barrabás apenas. E assim vai lhe mostrando o quanto ele vivera enganado até então. E não ape-

nas pelos ditos companheiros de luta. Então Barrabás rememora o seu sonho, fala dos grupos, armados ou não, que um dia pensaram em um Brasil diferente, o Brasil de seus sonhos. – Meu romance é sobre um sonho interrompido, que se tornou um pesadelo permanente.
– Nele falaste também do seminário?
– Um pouco. Conto do bispo que se tornou ateu no leito de morte, do padre sessentão que teve um filho com uma adolescente de apenas dezesseis anos, acolhendo o rebento no seminário e fazendo dele um padre também, conto da minha avó, que foi deserdada pelo próprio pai por ter escolhido para marido um homem pobre, conto daquele homem que se suicidou por ter vendido a alma ao Diabo para ficar rico.
– Ah, entendi. Por isso é que Goethe está no título? Porque ele fez o Fausto, né, ele recuperou a lenda do Mefistófelis. Mas, diga, Bar, por que você matou um prefeito no teu romance? O que é que tem um prefeito assassinado por corrupção com o memorial desse Barrabás, que é um pouco você, não é?
– Olha, para matar de mentirinha um culpado, para punir só simbolicamente, porque para matar de verdade, menos nos romances, é preciso ter algum rancor e eu não tenho nenhum. Houve um prefeito que realmente foi assassinado. Desconfio que sei quem o matou. Como os professores de latim nos ensinaram, *similia similibus curantur*, eu admiro o matador, não a vítima, porque ultimamente tem me fascinado uma certa justiça de alguns crimes, o crime como estratégia de solução de problemas, o que explicaria no fundo as guerras, que na verdade estendem este processo

do varejo ao atacado. Qual a diferença entre Napoleão e o bandido que está lá no famigerado regime disciplinar diferenciado, apodrecendo numa solitária? É que aquele bandido ainda não chegou ao poder. Napoleão também ficou num regime disciplinar diferenciado na Ilha de Santa Helena, não ficou? Me fascina este lado ético e estético do crime, que em alguns casos existe, segundo me contaram advogados criminalistas cujos juízos muito respeito: um sujeito, só por maldade, inferniza a vida de uma pessoa inocente. Na planície, nada lhe acontece. Pode contratar um advogado, mas não são só os prefeitos que foram corrompidos, o Brasil inteiro apodreceu, é muito difícil obter a justiça sem dinheiro, para não dizer impossível. Então, um sujeito do Mal, de braço armado para o que der e vier, não suporta certos níveis do Mal, como no *Grande Sertão: Veredas*, entende, e vai lá e mata o cretino maldoso que está infernizando o inocente. Não faz por Bem, é que precisa mostrar que ali tem quem manda e que é executado quem atrapalha o andar da carruagem, ainda que essas mortes sejam como que gorjetas para melhorar sua imagem na dita comunidade, o bandido-chefe precisa cuidar da imagem. E quando executa quem importunava o inocente, o faz como quem avisasse à comunidade: 'vocês podem contar comigo'. Aqui no Rio aprendi a ter um outro olhar sobre o crime. O sujeito que vai roubar o carro de alguém e mata quem o conduz, logo encontra na imprensa o terrível disfarce: ao evadir-se, o motorista assustou o bandido e por isso ele atirou. Nada disso. Ele saiu para matar: roubar o carro foi um disfarce da verdadeira intenção.

Silêncio na mesa. Zé Plebeu fez um muxoxo.

– Sabe, Bar, o que mais me entristece no Brasil é essa pobreza de idéias, disse Zé Plebeu –, todos os dias um sábio dá vastas explicações panorâmicas do que não entende, sem esmiuçar nada. Ninguém chegou sequer a Anaxágoras, que ainda na antiga Grécia descobriu que todas as coisas, por maiores que sejam, são compostas de minúsculas partes, que podem ser estudadas uma a uma.

– Pois é, mas Sócrates, quando leu a *Engraphe* de Anaxágoras, começou entusiasmadíssimo as primeiras páginas e chegou desolado às finais.

– Sei, sei, Sêneca também comenta tais teorias, mas aqui ninguém chegou a Sêneca ou a qualquer outro, se você citar esses nomes, nossos políticos vão pensar que se tratam de novos zagueiros do Flamengo ou de nordestinos de nomes exóticos, como é de praxe por aquelas bandas do Brasil. De que adiantou o que ensinaram os sete sábios da Grécia antiga, se essa multidão de ignorantes, mais de dois mil anos depois, ainda não tomou conhecimento de nada?

– O que você quer dizer é que a imprensa não trata de nenhuma das minúsculas partes do crime?

– Até que trata, mas sempre das mesmas, não avança um milímetro nas reflexões, limita-se a fazer o que se faz desde que a imprensa foi inventada: registra os crimes e sempre do mesmo jeito.

# 16

## A CAMINHO DAS GEMÔNIAS

*A traição, mais do que a ingratidão, desarrumou os sentimentos de Barrabás, quando no rumo das gemônias.*

O editor ligou e perguntou pelos originais de *Goethe e Barrabás*.
Barrabás respondeu que estava difícil levar adiante o projeto.
– Mas por quê?, quis saber Cosme Damião.
– Porque é muito difícil lidar com a traição, ainda mais quando ela é, como sempre, por trinta dinheiros.
– Por que não faz o seguinte: escreve sobre esta dificuldade? Já não é possível fazer uma narrativa arrumada como nos tempos de antanho, hoje tudo está muito fragmentado, fragmente seu romance você também.
– Pois é! Mas quero unir os cacos, colar uns nos outros, fazer um mosaico, de modo que seja entendido.

– Confie no leitor, ele sempre encontra um jeito de entender.

Cosme Damião vagava sozinho pelas praças de São Paulo. Infeliz, silente e só. Barrabás raramente ligava para ele. Tinha lhe sido negado o dom de confortar quem quer que fosse pelo telefone. Mas dava sinais claros e indeléveis de que admirava seu editor que, como ele, tinha sido traído por ex-amigos.

– Se objetivamente fui ou não traído, isto não me interessa, disse-lhe certa vez seu editor –, o que interessa é que me sinto traído e dou grande valor a meus sentimentos.

O escritor a quem tanto ajudara, entre tantos a quem dera a mão, recebera o mapa do caminho para escrever seu romance. Bem recebido por crítica e público, arrebatara também um dos mais prestigiosos prêmios nacionais, acompanhado de uma quantia em dinheiro equivalente a dois anos de professor universitário federal doutor, a moeda com que Barrabás avaliava os aspectos propriamente financeiros do orçamento doméstico.

Barrabás foi à Academia Brasileira de Letras. O premiado ia falar. Que bonito seria se o editor pudesse estar presente, pois sua intervenção tinha sido decisiva, não apenas para publicar o livro, mas também para que o autor o escrevesse e o escrevesse com aquela estrutura. Os dois silenciavam sobre os motivos do rompimento. Nenhum falava mal do outro.

Barrabás ouvia o premiado falar na sala da casa de Machado de Assis. Menino, concebera os escritores como seres éticos acima de qualquer suspeita, como já tinha acontecido com os juízes que formara dos padres. Mas, ah, a vida não demorou a lhe mostrar a ingenuidade. Até Cruz e Sousa atacara Machado de Assis. E vários intelectuais não quiseram que a vaga de Alfredo Dias Gomes fosse ocupada por um candidato que eles, se achando de esquerda, achavam de direita. E mais recentemente uma dupla de acadêmicos tinha brigado num evento público e a pendenga tinha ido parar na mídia.

As luzes projetadas sobre o escritor na tribuna lançavam na telona uma espécie de ectoplasma de quem falava e os escritores das primeiras filas semelhavam fantasmas que o observavam com atenção.

Barrabás lembrou que escritores de talento conviviam naquela Casa com reconhecidas mediocridades que ali tinha chegado por razões extraliterárias. Mas isso, em vez de apequenar essas figuras, tornava as outras ainda mais dignas de sua admiração, pois que, tolerantes, tratavam a todos como seus iguais, ainda que, em passado recente, um inimigo tivesse sido eleito por seus futuros pares e não nomeado ou imposto por algum ditador.

Cosme e Damião não quis saber da cerimônia, mas Barrabás, ao ligar para ele, foi logo dizendo:

— A festa foi bonita. Para sua surpresa, sem nenhum ressentimento, do outro lado da linha, o editor falou: 'prêmio merecido, é um grande romance'.

À noite, depois desta conversa ao telefone, Barrabás saiu para jantar com amigos. Nessas ocasiões, qualquer tristeza se dissipava, não havia sofrimento capaz de impedir a alegria do convívio intelectual com pessoas que muito admirava, entre as quais estava aquele que acabara de receber o prêmio na Academia.

Para sua surpresa, dois de seus tradutores estavam no Rio. Zé Plebeu, a negócios na cidade, também veio ao jantar.

– Os macacos bonobos resolvem os conflitos da tribo negociando as mulheres. Diplomacia e sexo evitam as rixas ou as resolvem quando deflagradas, disse um cientista político.

– Você fala muito nas excelências dos bonobos, disse Barrabás –, mas jamais disse deles algo tão instrutivo.

– Você acha que os homens poderiam inspirar-se nesse modelo?, perguntou Zé Plebeu, com seu ar provocador, sabendo que, conhecendo desde menino a Barrabás, entraria em erupção o vulcão de ironias daquele menino que brotava todos os dias no homem que, como ele, envelhecia.

– Homens, propriamente, não, mas sociólogos e cientistas políticos, sim, disse Barrabás –, pois esse negócio de maltratar as mulheres, inclusive nas estatísticas, é com eles mesmos.

E Zé Plebeu: – Barrabás sempre acreditou, desde menino, que num dado momento da História...

– Da História, não, atalhou Barrabás –, da História da Salvação!

– Então, continuou Zé Plebeu –, ele sempre acreditou que num dado momento da HISTÓRIA DA SALVAÇÃO, Deus, ou seja que nome tenha, interveio em tudo e criou o homem à sua imagem e semelhança.

Conversas à beira de copos. Barrabás disse depois de algum tempo:

– Sou católico; como disse Carlos Heitor Cony, católico não é para quem quer, é para quem pode.

– Eu sou agnóstico, disse Zé Plebeu. – A questão se Deus existe ou não, não me interessa.

– Ele diz assim porque gosta muito de Barrabás e o respeita, mas diante de outros, quando este assunto vem à tona, diz-se ateu de carteirinha.

Na mesa ao lado, um grupo no mínimo suspeito, tal a atenção que dedicavam aos vizinhos de tão buliçoso conversar.

Algumas garrafas de vinho depois, todos se despediam em frente do restaurante, enquanto os táxis eram chamados.

– Você continua o mesmo menino, disse Zé Plebeu.

– Talvez um menino velho e também isto está fora de lugar em mim. Não tenho apenas sentimentos desarrumados, minhas idéias também se desarrumam com freqüência.

– Como é mesmo o nome do cientista político que não acredita em Deus?

– Você ainda não saiu do seminário, será que algum dia sairemos?

– Por que?

– Porque, para falar dele, você o define como aquele que não acredita em Deus.

– Mas eu sou ateu convicto, disse Zé Plebeu.

– Eu sei! Mas por que pôr Deus em tudo, sendo ateu? Ou tirá-lo de todos os contextos? Sabe, Zé, quando chego em casa é a hora em que mais acredito em Deus. Parece que não me mudei para aquela casa, parece que ali nasci, que é ali que nasço todos os dias.

– Nasço? Rapaz, você usou um tempo verbal que eu nem sei se existia, pelo menos nunca me lembro de ter conjugado este verbo no presente, na primeira pessoa!

– Pois eu nasço, reforçou Barrabás –, e não é porque eu quero, é porque eu preciso. Preciso nascer todos os dias.

– Renascer, você quer dizer?
– Não, eu quero dizer o que eu disse: nascer. Renascer é retomar de onde estava, mas eu nasço.
– Nasce porra nenhuma, disse Zé Plebeu –, se você quer conjugar o verbo em pessoa que ninguém conjuga, diga renasço, dá no mesmo.
– Mas eu não renasço, eu nasço, a cada dia eu nasço de novo, disse Barrabás.
– Então, te peguei, nessa te peguei, renascer é nascer de novo!
– Quando Goethe visita Veneza pela primeira vez, diz: 'Enfim Veneza já não é para mim uma simples palavra, um nome que me assustou tanto, a mim que sempre detestei os sons ocos, sem sentido'. E dizia que quando viu uma gôndola pela primeira vez, era como se a revisse, não que a visse, porque seu pai tinha lhe mostrado modelos daquele tipo de embarcação. Dá-se o mesmo quando vai a Roma e a Nápoles. Então conclui que o conhecimento é precoce no homem, tardia é apenas a experiência. Pois comigo dá-se o mesmo no Rio e em Lisboa, e já tive a mesma sensação ao chegar a Porto Alegre, a Canela, a Ijuí. Parece que ali já estive quando eu era minha avó.
– Que bobageira é esta, Bar?, espantou-se Zé Plebeu.
– Bobageira, você acha?
Os táxis chegaram, todos se despediram, menos os dois, que resolveram continuar a conversa. – Eu te acompanho, disse Zé Plebeu. E, já de madrugada, tomaram outros rumos.
Nem bem Barrabás entrava num táxi, puxava conversa, pois admirava o ofício que levava taxistas a saber da vida de todos.

– O senador caiu, hein, disse ao taxista.
– Parece que tinha experiência com um tipo de vaca apenas, retrucou o motorista rindo.
E continuou:
– Que pouca vergonha! Mulher minha não bota a bunda de fora pra marmanjo nenhum, não! Se bem que ela não é mulher de ninguém, ao que parece.
– Machismo nosso, disse Barrabás –, a mulher mostra a bunda para quem ela quiser, em privado ou publicamente, massacram a mulher todos os dias, deixa que ela use o sistema pelo menos uma vez a favor dela.
– Mas que coisa é essa de se sentir tua avó?, perguntou Zé Plebeu.
– Ah, sei lá, mas quando estive em Canela, mesmo que não soubesse que minha avó tinha nascido e vivido ali, senti sua presença: nas flores, na grama, nos pinheiros, nos morros, nos verdes.
– E aqui no Rio, vai incluir o Rio em teu romance?
– Não posso dizer que não gosto do mar, mas, como o Demônio, ele lá, eu cá. Faço como ele faz comigo: chega à praia, molha a areia e vai embora. Olho para ele, descanso ao contemplar sua imensidão e beleza, e volto para mim, para, como ele, poder voltar, mas depois.
– É verdade que na infância te chamaram de doido?
– Não. Isso foi em outra cidade, numa cidade de cujo nome não quero lembrar, mas também não quero esquecer, só não quero pronunciá-lo. Chamaram de louco também a Sófocles. Sabe como ele retribuiu? Escreveu *Édipo em Colona*.
– E você, como retribuiu?

– Deixei a cidade. Tive incompatibilidades, não com um, mas com todos os habitantes que tomaram conhecimento de minha existência, uma meia dúzia muito barulhenta, que achou que vivia ainda nos tempos em que o nazismo reinava absoluto e quis me declarar *persona non grata* à cidade. Na verdade, me amavam e admiravam, as cidades em geral maltratam o escritor que admiram, este é um paradoxo, na verdade repelem todo artista que admiram, e ficam indagando como é que uma pessoa é doida de não se preocupar com dinheiro para ficar escrevendo, pintando, filmando, representando, sei lá. De todo modo fazendo o que eles gostariam de fazer, mas não conseguem. Sabe, Zé, o escritor é o enfermeiro da sociedade.

– Enfermeiro e não médico?

– Enfermeiro. O remédio já foi receitado, ele apenas o aplica.

– E qual é?

– Aquele que eu tomo todos os dias para ser feliz: eu sou feliz porque tenho pai, sei de quem sou filho e, embora me atormente com freqüência, descubro o consolo, como se saísse sempre de um abismo para onde sempre volto, mas de onde sempre saio, que meu pai sabe de minhas verdadeiras intenções, embora elas nem sempre se façam claras aos outros filhos. E sabe por quê? Porque esqueci um sonho que quero recordar. Em que canto de mim ele está, isto ainda não descobri.

– Bar, eu também tive um amor, por ela quase abandonei tudo, mas fazer o quê? Perdi esse amor!

-Teve? Não tem mais? Perdeu? Então o remédio é calar e parar de recordar.

— Ah, pra mim, calar, para você falar que nem um papagaio, né? Bonito!

— Mas é que eu ainda não perdi o amor da minha vida, que na curva dos cinqüenta e poucos me pegou numa vereda.

— Ainda não? Significa que é questão de tempo, que vai perder, pois disse 'ainda não perdi...', quer dizer que vai perder.

— Ninguém sabe o que vai perder ou ganhar no dia seguinte cara, na noite que chega. No Rio eu não vivo como sempre vivi em outras cidades.

— Como assim?

— Passei a maior parte da minha atribulada existência como se vivesse às margens dos rios da Babilônia, em cujos salgueiros tinha que pendurar a minha máquina de escrever, pois, finda a jornada, meus opressores me pediam que fosse alegre, que escrevesse algo divertido nas colunas. E eu sempre soube que o escritor é a lenha de sua própria fogueira.

Longo silêncio. O sono batia nos dois. O táxi parou enfim em frente do hotel em que morava Barrabás. Antes de se despedirem de vez, Zé Plebeu perguntou:

— Como é mesmo aquela frase sobre liberdade e multidão, que Padre Höderlin sempre citava? Era quando ele explicava que povo não existia em lugar nenhum do mundo, todos eram multidão.

— Mas por que isso, agora?

— Cara, eu não sou profundo como você, eu fabrico massas, biscoitos, pão, entendeu? Você não me disse a frase, eu sei que você sabe.

— Se queres libertar a multidão, atreve-te a servi-la, esta é a frase. É do Goethe.

# 17

## VEM, FILHINHA, ME DÊ A MÃO!

*Goethe, ao morrer, não pediu mais luz, nem que abrissem as persianas. Pediu à Odília que lhe desse a mão. E, oferecendo a esquerda, com a direita escreveu o próprio nome no ar, com gestos, como que assinando o encerramento de sua longa existência. Mas e Barrabás, o que houve com ele?*

— Posso levar a correspondência, doutor?
Era o mensageiro do hotel. Barrabás, pelo interfone:
— Daqui a meia hora.
E continuou ao telefone com Cosme Damião. Não se ouvia o que o editor dizia, somente seus breves comentários, entrecortados de longos silêncios.
O editor falava mais do que o escritor, como sempre. E Barrabás:

– Eu também fui traído, ser traído tornou-se usual nos dias que correm, quase todos estão muitos egoístas, hedonistas, relapsos e vivem sem norte nenhum. Eu também continuo a leste de tudo, que bonita expressão, não quero vender nada, muito menos livros. Os grandes livros, referências universais da Humanidade, não venderam nada quando os autores eram vivos e às vezes foram ainda mais esquecidos depois que eles morreram.

– Azar deles, azar de quem não leu, bobo tem muito azar, está sempre onde não deve, diz o que não pode e sobretudo cala o que não deve!

– Não sei! Eu só sei o preço, são sempre trinta dinheiros.

Largou o telefone, enfim. A campainha tocou.

– Só esta carta, doutor.

Barrabás entregou as moedas – era generoso nas gorjetas – e despediu-se com um 'bom dia pra você também'.

Neste ponto, os relatos são confusos, dispersos, pois sumiu a carta de Salomé que dava um fim àquele namoro complicado. Quarto Crescente, chamado ao Rio para tratar do desaparecimento do amigo, obteve com o delegado, depois de muito insistir, a tal carta, mas, sempre desconfiado, comparou a letra do envelope e disse que aquela era uma versão apócrifa, no que poderia ter razão, pois Barrabás guardava as cartas da namorada e os respectivos envelopes, junto com uma montanha de e-mails impressos, pois imprimia tudo, até as mensagens trocadas no *messenger*.

Não era propriamente um bilhete de despedida, mas uma carta:

– Bar, Gregório, Legião de meus amores reunidos, não posso mais! Não vou amar ninguém como amei a você, mas, como você sempre me disse, todos os fins de namoro parecem os últimos momentos na vida de uma pessoa, que estes, sim, são os verdadeiros últimos suspiros. Mas quais serão os últimos suspiros e quando daremos o último suspiro? Juntos ou separados, este último tique da existência, pessoal e intransferível, será dado sem nenhuma possibilidade de parceria ou orquestração, ainda que nós dois nos suicidássemos juntos, como Stefan e Charlotte fizeram em Petrópolis, porque os dois queriam morrer juntos. Não, não me esqueci de que você, minucioso e atento como um Demônio, sempre achando que esta é entretanto uma qualidade de Deus, que sempre está nos detalhes, tenha observado que Charlotte fez compras para um mês no mercado, um dia antes do suicídio. Você, Bar, é detalhista, mas nem sempre. Quantas vezes você nem sequer notou em mim um novo corte de cabelo!

Quarto Crescente leu todo o resto, alguns trechos com o cenho muito franzido e somente sorriu nas linhas finais:

– Resta uma esperança: quando você tiver resolvido aqueles que você chama 'os meus problemas', quem sabe nos encontremos outra vez. Se já foi surpresa total o primeiro encontro, quem sabe não nos encontraremos uma segunda vez, para decidir se enfim viveremos ou não o que ambos chamamos de nosso grande amor. Agora, porém, é a hora de partir. E, antes que você parta, parto eu. Adeus, Bar! Só me procure se um dia estiver realmente sozinho. Tua solidão é, entre tantas verdades, a única mentira da tua vida. Você não é sozinho coisa nenhuma! E por isso me senti intrusa. Sem ressentimento nenhum, ainda que cheia de toda tristeza, a incomodada se retira.

O único bem que me resta é chorar tua perda. A vida pode ser curta, ou, como você diz, apenas um breve intervalo entre o berço e o túmulo, mas os dias tristes são muito compridos. Sejamos felizes! Ser feliz é esquecer o passado, sempre.

– E daí, doutor, esclareceu alguma coisa?, perguntou o delegado.

– Nem sei se a carta é dela.

– Mas para onde foi este homem? Não há um único vestígio dele em todo o Rio de Janeiro. Rastreamos tudo o que era possível e não há o menor vestígio. Todos os que gostavam dele, incluindo mulheres e filhos, nada sabem dele, mas, interrogados, aparentaram uma calma estranha.

– Doutor, disse Quarto Crescente –, o golpe foi que dia mesmo?

– Ah, logo o senhor me perguntando isso... Ontem li que não foi golpe, porque fechar o Congresso com aquele monte de vagabundos perdulários, incompetentes e corruptos, não foi golpe. E, aos poucos, intelectuais, que para tudo servem, inclusive para ficarem quietos na hora certa e precisa, já arriscam que a imprensa tinha que ter censura, que do jeito que a mídia andava, o Brasil estava ficando ingovernável. E mais, doutor: o senhor deve ter visto que todos os policiais do Brasil, civis e militares, ganharam aumento de quatrocentos por cento. Em vez de quatrocentas merrecas, agora todos ganham mil e seiscentos.

– Querem cuidar da segurança das pessoas e não sabem fazer contas?

– Doutor, quando ganhamos quatro vezes mais do que ganhamos, não recebemos quatrocentos por cento de aumento?

– Não, disse Quarto Crescente, irritado: – Agora ganham quatro vezes mais do que ganhavam, então o aumento foi de trezentos por cento.

Acalmou-se:

– Fique tranqüilo. Não é só o senhor que não sabe fazer contas. Ninguém sabe. O governo também não. O Brasil vai acabar por causa disso: não soubemos e não sabemos fazer contas. Não sei se algum dia saberemos. Talvez não dê mais tempo de aprender.

E tomando um pequeno objeto, enquanto olhava uma foto na estante:

– E este *pen drive*, o que é que tem? Já examinaram?

– Sim, tem um único arquivo.

– E o que está escrito nele?

– *Goethe e Barrabás*. É uma porção de historinhas, assim encordoadas umas, separadas outras, tudo muito confuso, mas o assistente disse que é assim que é um romance. Já foi levada uma cópia para averiguações. E o perito disse que, usando o *Google*, percebeu que muitas frases não são dele, que alguém já as proferiu antes, inclusive ele mesmo, o autor.

– Caramba! Na penúltima ditadura, levaram apenas os autores para averiguações, nesta levam também os originais. Podiam ter passado por *e-mail*.

– Doutor, nosso povo é muito burro, né? Meses depois de eu ter comprado um fax, a empregada me disse, depois de ouvir que eu sempre pedia para alguém me passar alguma coisa por fax, 'que bom, agora não preciso mais ir à padaria todo dia, o padeiro pode mandar o pão pelo *fáquiz*'.

– O que mais encontraram?, perguntou Quarto Crescente.

— Somente coisinhas. Ele mandou uma foto pra ela, veja!

Quarto Crescente leu no verso:

'Assim é mais ou menos meu rosto, mas o meu amor você não pode ver. Beijabraço do Bar'.

— Tem esta outra aqui. É de quando ele era menino. No verso: 'Nasci com cinco séculos, ninguém nasce com menos do que isso depois de Gutenberg, por isso todo menino tem a sabedoria de um ancião, que sabia menos do que qualquer menino, se nasceu antes da invenção da imprensa ou se vive como se ela não tivesse sido inventada'.

— Parece que o homem era mesmo um criador, doutor, disse o delegado a Quarto Crescente, que começou a cantarolar:

— *Con mi pura habilidad/ me las di de carpintero/ de estucador y albañil/ de gásfiter y tornero,/ puchas que sería güeno/ haber tenío instrucción/ porque de todo elemento/ el hombre es un creador.*

— Que é que é isso, doutor? Que canto é este que o senhor está cantando?

— *Es el canto universal/ cadena que hará triunfar/ El derecho de vivir en paz.* Victor Jara, seu autor, foi executado pela ditadura chilena, que era de direita. Esta que se abateu sobre nós, ao contrário de todas as outras, se diz de esquerda. Para os escritores, o resultado é sempre o mesmo. Por isso, o meu amigo Gregório adotou o codinome de Barrabás. 'Crucificam a três', ele escreveu, 'mas isso é só o começo, porque depois crucificam a mim também, embora de cada três crucificados, desde o Calvário, dois sejam sempre ladrões'.

Foi chamado o mensageiro que entregou a última encomenda a Barrabás.

– Quais foram as últimas palavras que você ouviu dele?, perguntou-lhe Quarto Crescente.
– Depois do bom dia?
– Depois de tudo, disse Quarto Crescente.
– Eu já estava no corredor, vi que ele brincava com a Lalá...
– Quem é esta Lalá, onde anda esta mulher, vou pedir ordem de prisão.
– Não precisa, atalhou Quarto Crescente, depois você lê tudo o que está no *pen drive*, Lalá já vive feliz engaiolada.
E, voltando-se para o mensageiro:
– O que ele dizia a Lalá?
– Ah, ele era sempre de brincar muito com ela, dizia sempre coisas carinhosas, meigas, era um homem bom, a última frase que eu ouvi, já perto do elevador, foi: 'vem, filhinha, me dê a patinha'.
– Ele vivia sozinho com Lelê, com Lili, como é mesmo o nome dela?, perguntou o delegado.
– Lalá, corrigiu o mensageiro e em seguida pediu desculpas por corrigir o delegado.
-Se ele tivesse morrido, eu escreveria que ele disse 'abram as persianas, que entre mais luz', embora as últimas palavras do escritor que ele mais admirava não tenham sido estas. Como Barrabás antes de desaparecer, as derradeiras palavras de Goethe foram dirigidas a Odília, que com ele vivia: *'vem, filhinha, me dê a mão'*, disse Quarto Crescente, olhando fixamente para o delegado, como se quisesse deixar claro que sabia um pouco mais sobre aquelas metáforas.
Desaparecido Barrabás, começaram a circular as versões mais desencontradas, pois, com a rígida censura im-

posta à imprensa e à Internet enfim controlada, ninguém podia saber direito de nada, eram tudo versões.

Quarto Crescente, recuperado da vala depressiva em que viveu tantos anos, assegura que Barrabás foi visto em Encarnación, no Paraguai; em Ávila, na Espanha, e, a versão que mais aceita, numa pequena vila da ex-Alemanha Oriental, onde aprendeu a falar o dialeto sorábio e, assim, se comunica com poucos.

Quando perguntado se Barrabás desapareceu porque quis, responde muito sério:

— Ninguém desaparece porque quer, mas porque precisa. Mesmo quando outros fazem com que alguém desapareça, é porque é necessário para uma das partes em conflito.

Ninguém sabe que idade teria hoje Barrabás, tanto tempo faz que desapareceu. Mas era bem mais jovem do que Quarto Crescente, irmão de afinidade escolhida.

Este, já envelhecido e cansado de tanto dar explicações sobre o amigo que nunca esqueceu, nem sempre dá notícias coerentes, e, já ranzinza pela idade e pelos sofrimentos que só não afligiram o velho Werther porque Goethe impediu que seu personagem envelhecesse, diz, em alemão, um provérbio que aqueles que ouvem de sua boca preferem dizer em espanhol: *pongas como te pongas, siempre te harán de hoder.*


São Carlos (SP), inverno de 2001
Rio de Janeiro (RJ), primavera de 2007

INFORMAÇÕES SOBRE NOSSAS PUBLICAÇÕES
E ÚLTIMOS LANÇAMENTOS

Cadastre-se no site:

www.novoseculo.com.br

e receba mensalmente nosso boletim eletrônico.

novo século®